이솝 우화, 거리 두고 읽기

이솝 우화, 거리 두고 읽기

초판 1쇄 발행일 2021년 3월 5일
초판 3쇄 발행일 2022년 5월 2일

글 | 이덕주 · 공분근
그림 | 김휘승

펴낸곳 | 내일을여는책
펴낸이 | 김완중

편집 | 이헌건
디자인 | 한향희
관리 | 장수댁

인쇄 | 아주프린텍
제책 | 바다제책

출판등록 | 1993년 01월 06일(등록번호 제475-9301)
주소 | 전라북도 장수군 장수읍 송학로 93-9(19호)
전화 | 063) 353-2289
팩스 | 063) 353-2290
전자우편 | wan-doll@hanmail.net
블로그 | blog.naver.com/dddoll

ISBN | 978-89-7746-950-1 (43810)
정가 15,000원

이솝 우화,
거리 두고 읽기

이덕주 · 공분근 지음 | 김휘승 그림

내일을여는책

책머리에

누구나 어린 시절 한번쯤 이솝 이야기를 듣거나 읽었을 것입니다. 아무리 책을 읽지 않는 사람일지라도 '개미와 베짱이', '개미와 비둘기', '토끼와 거북이' 등의 이야기를 모르지 않을 것입니다.

이솝 이야기는 세상 사는 지혜를 담은 이야기로 여겨져 오랫동안 사랑받았습니다. 지금의 어머니들도 자신의 아이를 위해 서슴없이 이솝 이야기를 골라 줍니다. 어린이들이 읽어야 할 동화 목록에서도 빠지는 법이 없습니다. 이 순간에도 많은 어린이가 이솝 이야기를 읽고 그 교훈을 마음에 새기고 있을 것입니다.

이솝의 이야기들은 어린 시절의 교훈으로만 끝나지 않습니다.

어른이 되어서도 많은 글과 이야기 속에서 이솝 이야기를 만납니다. 자기가 가질 수 없는 걸 공연히 헐뜯고 싶은 인간의 심리를 이야기할 때면 으레 '여우의 신포도'를 들먹이고, 자기 이익만을 위해 색깔을 바꾸는 기회주의자들을 '박쥐'에 비유하기도 합니다. 부지런함을 강조할 때 인용하는 '개미와 베짱이'나 꾸준히 노력하면 안 되는 게 없다고 말할 때 자주 등장하는 '토끼와 거북이'는 너무나도 유명한 이야기지요.

그런데, 돌이켜보니 그런 이야기들은 그냥 지나칠 수 없는 커다란 함정을 지니고 있다는 걸 알게 되었습니다. 상대방을 속이는 여우를 지혜로운 동물인 것처럼 묘사하고, 남을 믿었다가 손해를 보는 순진한 동물을 비웃고, 새로운 변화를 위해 노력하거나 현실의 벽을 뛰어넘기 위한 도전을 무모한 행동으로 여기곤 합니다.

이솝 이야기의 교훈 가운데 많은 것들이 '체념'과 '순종'으로 채워져 있습니다. 본래 이솝이 노예였기 때문에 이런 '노예의 철학'이 만들어졌겠지만, 오늘날의 어린이나 청소년에게 계속 '교훈'으로 주어지는 것은 문제가 있다는 생각이 들었습니다. 자신의 가치관을 만들어 나가야 할 어린이나 청소년들이 '노예의 철학'을 아무 비판 없이 받아들이면서 자라는 것에 대해 걱정하지 않을 수 없었습니다. 이런 생각으로 우리는 『이솝 우화, 거리 두고 읽기』를 쓰기 시작했습니다. 일반적으로 알려진 이솝 이야기의 교훈 밑에 숨어 있는 생각들, 다르게 생각해 볼 만한 것들을 찾아내고 정리해서 우리 청소년들이 객관적이고 합리적인 사고력을 지닌 건강한 사람으로 자라는 데 도움을 주고 싶었습니다.

이 책은 먼저 이솝 이야기 가운데 하나를 뽑고, 그 이야기에서 쟁점이 될 만한 것을 중심으로 '자기 생각 나누기'를 통해 각자의 생각을 정리해 보도록 했습니다. 그런 다음 그 이야기가 가지고 있는 함정을 지적하면서 새로운 관점을 제시하고자 했습니다. 그리고 학교나 가정에서 글쓰기 지도를 할 수 있도록 여러 가지 시각의 문항을 제시했고, 마지막으로 원래의 이야기와 의미가 대응되는 내용의 또 다른 이야기를 제시해서 비교하며 생각해 보도록 했습니다.

제1편은 '더불어 사는 삶의 소중함'을 강조하는 이야기들을 가려 뽑았습니다. 이를 통해 혼자만의 이기적인 지혜가 아니라 더불어 사는 세상을 만드는 것이 진정한 지혜라는 것을 끄집어낼 수 있도록 했습니다.

제2편 '내 삶의 변화는 내 손으로'는 순응과 안정만을 강조하는 이솝의 노예의 철학을 비판하고, 적극적으로 자기 삶을 개척해 나가는 것이 얼마나 소중한 것인가를 느끼게 하는 이야기들로 엮었습니다.

제3편 '제각기 제 빛깔로'는 모두 다 똑같고 비슷한 모습이 아니라 자기의 개성과 자기 고유의 아름다움을 갖는 것이 더 값진 일이라는 것을 일깨워 주는 이야기들을 묶었습니다.

이 책은 청소년을 대상으로 했지만, 학부모와 교사들이 함께 보고 함께 생각하면서 아이들 지도에 참고할 수 있도록 구성 했습니다. 논리적인 사고력에 대한 관심이 높은 요즘, 더욱 의의가 있을 것이라 생각합니다. 우리 청소년들이 틀에 박히고 획일적인 생각에서 벗어나 좀 더 다양하고, 깊고, 넓은 생각을 하는 데 작게나마 보탬이 되기를 바랍니다.

이덕주 · 공분근

차 례

제2장_ 내 삶의 변화는 내 손으로

제3장_ 제각기 제 빛깔로

'세상을 살아가는 지혜'란 과연 어떤 것일까요? 어려움을 헤쳐 나가는 슬기로움, 좀 더 편리하고 즐겁게 살아 나가게 하는 힘, 이런 것들 모두가 삶의 지혜겠지요. 이솝 이야기 속에 나오는 그 지혜들을 다시 한번 눈여겨봅시다. 자기 한 몸의 행복과 안녕을 위한 지혜는 아닌지, 모두 다 즐겁고 행복한 세상을 만들기 위한 노력들을 지혜롭지 못한 것으로 여기고 있지는 않은지 말입니다. 혼자만을 위한 '영리함'은 삶을 늘 외롭게 합니다. 그러나 함께 나누고, 함께 만들어 나가는 삶은 늘 넉넉하고 평화롭습니다. 진정한 지혜는 더불어 사는 삶의 소중함을 깨닫고 그것을 위해 노력하는 것 아닐까?

| 제1장 |

더불어 사는 삶의 소중함

까마귀와 여우

여우가 어슬렁어슬렁 들판을 거닐다가 나뭇가지에 앉아 있는 까마귀 한 마리를 보았다. 까마귀는 먹음직스러운 고기를 한 덩이 물고 있었다.

'흐음, 잘 됐다! 저 고기를 빼앗아 먹어야지.'

여우는 속으로 기뻐하면서 나무 밑으로 다가갔다.

"안녕하세요, 까마귀님. 날씨가 참 좋지요?"

여우가 다정하게 말을 건넸지만 까마귀는 멀뚱멀뚱 밑을 내려다보았다. 여우는 계속해서 말했다.

"가까이에서 보니, 까마귀님은 정말 훌륭한 깃털을 가지셨군요. 푸른 하늘을 배경으로 윤기가 흐르는 그 까만 깃털이 아주 멋져 보입니다그려."

뜻밖의 칭찬을 들은 까마귀는 몹시 기분이 좋았다. 그때, 여우

가 다시 말했다.

"게다가 까마귀님께서는 노래 또한 일품이라는 말이 있던데, 그것이 사실입니까? 그 훌륭한 깃털에 아름다운 노래실력까지 갖추셨다면 '새의 임금'이라고 해도 지나친 말이 아니겠지요."

우쭐해진 까마귀는 자기의 노랫소리를 들려주기 위해 입을 크게 벌리고 큰소리로 노래했다.

"까옥, 까옥, 까옥!"

까마귀가 물고 있던 고깃덩이는 말할 것도 없이 밑으로 떨어졌고, 까마귀가 목청껏 노래하는 사이에 여우는 고깃덩이를 맛있게 먹어치웠다.

자기 생각 나누기

1. 자기의 목적을 위해 속임수를 쓴 경우가 있는지 말해 봅시다. 그때의 기분은 어땠습니까?
2. 여우가 까마귀를 속이지 않고 고기를 나누어 먹을 수 있는 방법은 무엇일까요?
3. 여우에게 속은 까마귀가 보일 수 있는 행동은 어떤 것들이 있을까 생각해 보고, 그 가운데 가장 현명한 방법은 무엇인

지 판단해 봅시다.

4. 현실에서는 여우와 같은 사람들이 '수완이 좋다', '능력 있다'는 말을 듣기도 합니다. 그것에 대해 의견을 말해 봅시다.

길잡이

여러분은 이 이야기를 읽고 어떤 생각을 하게 됩니까?

까마귀가 어리석다는 생각을 할 수도 있고, 여우의 꾀에 감탄하기도 하고 또는 까마귀를 속인 여우가 너무나 얄밉다고 느낄 수도 있을 것입니다. 그런데 우리가 읽었던 이솝 이야기 책에서는 이 이야기의 교훈이 대부분 '이유 없는 칭찬을 무작정 좋아하는 사람은 지혜로운 사람이 아니다'라고 되어 있습니다.

이와 비슷한 이야기로 '우물에 빠진 여우'와 '사자와 당나귀'가 있습니다.

'우물에 빠진 여우'는 우물에 빠진 여우가 염소를 속인 이야기입니다. 우물에 빠져서 어쩔 줄을 몰라 하던 여우는 마침 물을 마시러 온 염소를 물맛이 아주 시원하고 좋다고 속여서 우물 속으로 들어오게 합니다. 그리고 자기가 나가서 끌어올려 주겠다고 한 다음 염소 어깨를 밟고 우물 밖으로 나옵니다. 그러고는 "올라올 것을 생각하지 않고 그냥 들어오다니 어리석구나"하고 염소를 비웃으면서 사라집니다.

'사자와 당나귀'는 빨리 달릴 줄 아는 당나귀의 능력을 이용, 함께 많은 먹이를 잡은 뒤에 당나귀를 협박해서 쫓아버리고 사자 혼자 독차지하는 이야기입니다. 이 이야기를 실은 책들은 '아무 생각 없이 남이 하는 대로 따라했다간 어려운 일을 당한다'라고 설명하고 있습니다.

많은 이솝 이야기들이 여우나 사자가 보여준 교활한 꾀를 지혜로 인정하고, 그 꾀에 속아 넘어가는 동물들을 어리석다고 지적합니다. 그리고 여우나 사자처럼 약게 세상을 살 것을 충고하곤 합니다.'항상 남을 의심할 것'을 가르치는 셈이지요.

예나 지금이나 남을 속이는 영악스러운 자들이 편히 잘 사는 모습을 쉽게 찾아볼 수 있습니다. 각종 제품의 용량이나 성분을 속인다든지, 원산지를 바꾸고 가짜 상표를 붙여 파는 치사한 사기꾼에서부터 자신의 이익을 위해 나라까지 팔아먹는 파렴치한이 많습니다.

반면 남을 의심하지 않고 도움을 주려다가 오히려 손해를 보고 웃음거리가 되는 경우도 많습니다. 여러분의 부모님 가운데 잘 아는 친지나 친구와 동업을 한다고 돈을 투자했다가 속아서 돈을 날린 사람은 없는지요? 그런 일이 생겼을 때 주위 사람들의 반응은 어떻습니까? 십중팔구 친구나 친지를 믿었던 그 사람에게 '못난이'니 '멍청이'니 하는 비난을 퍼부어 댈 것이고, 당사자는 입이 열 개라도 할 말이 없게 될 것입니다.

이렇게 본다면 이솝 이야기는 오늘날 세상의 일면을 보여주고 있다고도 할 수 있습니다. 그러나 아무리 현실이 그렇다 하더라도 여우나 사자의 지혜(?)를 배워야 한다고 가르쳐서는 안 될 겁니다. 남을 믿지 말고 의심할 것 그리고 남을 속여서라도 자신의 이익을 챙기는 것이 현명하다고 이야기하는 건 아무래도 위험하지 않겠습니까?

어쩌면 이러한 의문이 생길 겁니다.

'여우는 까마귀를 그렇게 속이지 않고서는 고기를 나누어 먹을 방법이 없었을까? 우물에서 먼저 나간 여우가 염소를 꺼내서 함께 갈 수는 없었을까? 사자는 같이 사냥한 먹이를 당나귀에게 조금이라도 나눠 줄 수 없었을까?'

물론 덮어놓고 까마귀나 염소나 당나귀 편을 들기에는 뭔가 부족한 느낌이 들 것입니다. 까마귀나 염소, 당나귀 역시 당하기만 할 것이 아니라 다시는 속지 않을 대책을 찾아야 했습니다. 자신처럼 당하기만 하는 동료들이 더는 생겨나지 않도록 말입니다.

세상에는 착한 사람들이 참 많습니다. 그러나 '착함'만으로 악인을 물리칠 수가 없습니다. 힘을 지녔을 때만 악인을 물리칠 수 있고 진정 착한 이들이 피해를 보지 않는 올바른 세상을 만들 수 있을 것입니다. 그러자면 자신이 어리석었다는 것을 온 세상에 알리는 망신을 무릅쓰고라도 그들의 악행을 고발하고 처벌하도록 해야 하지 않을까요?

우리의 순진한 까마귀와 염소, 당나귀여 파이팅!

글쓰기 마당

1. 이 이야기의 다음 내용을 한 문단 정도 만들어 이어 봅시다.
2. 까마귀가 목소리가 좋다는 말에 속아 넘어가지 않는다면 그 다음은 어떻게 전개될지 이야기해 봅시다.
3. 까마귀가 아니라 독수리였다면 여우는 어떻게 했을까요?
4. 우리 생활과 주변 사람들을 소재로 이와 비슷한 이야기를 꾸며 봅시다.
5. 이 이야기를 읽고 떠오르는 것을 여러 친구들과 함께(또는 모둠별로) 한 단락씩 자유롭게 이어 쓰기를 해 봅시다.

함께 만들어 볼 수 있는 이야기들

- 까마귀가 자기 고기를 다 먹고 난 뒤에야 노래를 시작하자 여우는 기분이 나빠서 “네 목소리는 사실 아주 형편없어!” 하고 사라진다.
- 속이 상한 까마귀는 피 나는 발성 연습을 한 끝에 아름다운 목소리를 갖게 된다.
- 까마귀는 고생고생하며 목을 트는 연습을 했으나 끝내 실패하고 만다.
- 까마귀는 너무나 슬퍼하다 죽은 뒤 꾀꼬리로 환생한다.
- 이번에는 까마귀가 여우를 속인다.

까마귀의 목소리

까마귀는 다른 새들의 아름다운 목소리를 너무나 부러워했다. 그러다 어느 새의 아름다운 목소리 때문에 속임을 당했다. 그때부터 까마귀는 우울증에 걸려 먹지도 않고 말도 하지 않고 울지도 않고 침묵을 지켰다. 걱정이 된 엄마 까마귀가 물었다.

"어떻게 된 거야? 그렇게 명랑하던 네가 왜 그러니?"

엄마가 계속 물어보자 까마귀는 드디어 자신의 심정을 털어 놓았다.

"나도 고운 목소리를 갖고 싶어요. 놀림을 받는 건 이제 싫어요. 이렇게 비웃음을 받으며 사느니 차라리 죽고 싶어요."

엄마 까마귀는 가슴이 아팠다. 어떻게든 위로를 하고 싶었다.

"타고난 재능보다는 피눈물 나게 노력하는 것이 더 중요한 거야. 누구나 열심히 노력하면 자기가 원하는 것을 가질 수 있는 거란다."

사실 엄마 까마귀도 이 말을 그대로 믿는 것은 아니었다. 그 역시 젊었을 때 고운 목소리를 내려고 노력했다가 실패하고 체념을 한 상태였으니까. 그렇지만 해 줄 수 있는 말은 그것뿐이었다.

까마귀는 그날부터 하루도 빠짐없이 높은 나무에 올라 발성 연습을 했다. 하루 이틀이 지나고 한 달, 두 달이 지나자 목이 쉬어 더 이상 소리가 나오지 않았다. 그래도 쉬지 않고 목을 가다듬으며 발성 연습을 했다. 몇 날이 더 지나자 까마귀의 목에서는 피가 나왔다. 다시 몇 날이 지난 어느 날 까마귀는 울컥 핏덩이를 토했다. 까마귀는 너무나 절망해서 마구 울었다. 그러자 신기한 일이 일어 났다. 그때부터 까마귀의 목소리가 맑고 청아해지기 시작한 것이다. 물론 목도 더 이상 아프지 않게 되었다.

이때부터 까마귀는 아름다운 노랫소리로 숲속 모든 동물의 사랑을 받으며 살게 되었다.

어느 잔칫날

어떤 부잣집의 잔칫날이었다. 부자는 많은 음식을 장만하고 이웃 사람들을 모두 초대했다. 사람들은 먹음직스러운 음식들을 주거니 받거니 하며 맛있게 먹었다. 이것을 보고 있던 이 집의 개도 마을 친구들을 불러 모았다. 먹을 것이 많아서 개들도 신이 났다.

"많이들 먹어라. 내가 얼마든지 가져다 줄 테니까."

주인집 개는 손님과 손님 사이를 들락거리면서 먹다 남은 고깃덩이며 뼈다귀를 계속 물어 날랐다.

"정말 고맙다. 이렇게 푸짐하게 먹어 보기는 처음인걸."

"너무 많이 먹어 이젠 더 이상 들어갈 데가 없어."

개들은 고마워하며 집으로 돌아갔다. 그런데 주인집 개의 행동을 못마땅하게 여긴 하인이 있었다. 제 것도 아니면서 으스대며 뽐내는 것 때문이었다. 그 하인은 개를 번쩍 들어 대문 밖으로 내

마을 잔치
주인 개

동댕이쳤다. 땅바닥에 나뒹군 개는 겨우 일어나 섰다. 동네 개들이 모여들어 물었다.

"이봐, 왜 그렇게 다리를 절룩거리는 거야?"

그러자 부잣집 개가 대답했다.

"술을 너무 마셔서 그렇네. 어떻게 밖에 나왔는지, 왜 다리를 절게 되었는지도 모르겠네."

자기 생각 나누기

1. 여러분이 주인공 개라면 다른 개들에게 어떻게 말하겠습니까? 또, 하인에게는 어떤 행동을 취하겠습니까?
2. 주인이 이 사실을 알았다면 어떻게 행동했을까요?
3. 하인이 개를 못마땅하게 여긴 원인이 무엇이었다고 생각하십니까
4. 이처럼 남을 잘 도우면서도 허풍 때문에 욕 먹는 사람에게 어떤 충고를 해 주시겠습니까?

길잡이

이 이야기를 읽으면 여러 가지 생각이 동시에 떠오릅니다. 우선 그렇게 봉변을 당하고도 허풍을 떠는 개의 모습에서 지난 시대 아버지들을 연상하게 됩니다. 실속도 없고 되는 일도 별로 없으면서도 권위를 인정받고 싶어서 항상 큰소리치는 가장들 말입니다. 또는 자신이 힘든 걸 마다하지 않고 남의 궂은일, 좋은 일에 나서서 도와 주지만 정도가 지나쳐서 좋은 소리 못 듣는 사람도 있죠. 이런 사람들은 밖에서는 좋은 소리를 듣기도 하지만 집에 들어와서는 실속 없는 사람으로 지청구를 듣기 일쑤입니다.

이 이야기에 등장하는 개 역시 좀 변변치 못해 보이기는 하지만 그다지 밉살스러운 것은 아닙니다. 주인 잔치에 신이 나서 동네 개들에게 먹을 것을 날라다 주며 함께 잘 먹자는 것이 큰 잘못은 아니지 않습니까? 물론 자신이 좋은 성품의 소유자라는 것을 인정받고 싶은 나머지 자신의 것도 아닌 걸로 으스댄 허풍쟁이라는 비난은 면하기 어려운 듯합니다. 보나마나 이후에 다른 개들을 만날 때마다 계속 생색을 내고 큰소리를 칠 것이 뻔하기 때문이죠.

어쨌든 동네 개들은 주인공 개에게 고마워해야 하고 또 그가 다친 것에 대해 가슴 아프게 생각해야 마땅합니다. 물론 동네 개들이 허풍떠는 개를 비웃었는지, 다친 것을 안타까워했는지는 나오지 않습니다. 다만 이 글의 말미에 허풍떨지 말 것을 교훈으로 해 놓은 것으로 보아 이런 생각이 들었을 뿐입니다.

한편 개를 대문 밖으로 메다꽂은 하인은 지나치게 심술궂다는 생각을 하지 않을 수 없습니다. 그 많은 음식이 자기 것이 아니기는 그 하인도 마찬가지였거든요. 특별히 주인의 재산을 아껴야겠다는 충성심 때문인 것 같지 않은, 그런 행동은 이해하기가 좀 어렵죠?

때때로 어린아이들은 이유 없이 심술궂은 행동을 하곤 합니다. 자기가 가지고 놀지 않던 장난감도 다른 아이가 가지고 노는 걸 보면 기어이 그걸 빼앗는 모습을 많이 보았을 것입니다. 그래서 어린아이들이 둘 이상 있으면 장난감이 아무리 많아도 금방 치열한 장난감 확보 전쟁(!)이 벌어지고 울음바다로 변해 버리기 일쑤입니다. 우리들은 그런 장면을 재미있어 하며 웃어넘기곤 하죠. 하지만 다 큰 청소년이나 어른이 되었을 때에도 그런 짓을 계속한다면 도저히 웃어넘길 수가 없습니다. 그런 행동은 명백히 다른 사람에게 피해를 주는 행동이니까요. 그런데 그런 인물들이 의외로 많이 있습니다.

흔히 '남이 잘 되는 꼴을 못 본다'는 말이 바로 그런 경우에 해당되겠지요. 여러분은 그런 경험 없나요? 뭘 좀 하려 했더니 뚜렷

한 이유도 없이 방해받은 경험 말이에요. 어쩌면 여러분이 공연히 다른 사람에게 심술부린 경우도 있겠죠.

옛날 미국에서 흑인 노예를 엄하게 감시하고 때린 건 백인 주인보다 같은 흑인들인 경우가 더 많았다고 합니다. 물론 이런 이야기가 갖고 있는 함정에도 주의를 해야 할 겁니다. 백인 주인이 일부러 흑인 노예를 앞장 세운 경우가 대부분이었으니까요.

하인이 주인보다 더 여유가 없고 지나치게 구는 경우가 많다는 것을 인정한다 하더라도 이 하인이 이렇게까지 가혹하게 할 필요가 있었는가 하는 의문을 버릴 수가 없습니다. 더구나 잔치 인심이라는 것이 다른 동네 거지들까지도 배불리 먹게 하는 것인데, 한 동네 사는 개들에게 먹을 것을 나누어 준 것을 가지고 그런 행동을 할 필요는 더더욱 없었을 거라는 생각이 드는군요. 개들에게 돌아올 먹이란, 뻔한 것 아닙니까? 뭐 얼마나 좋은 음식이었겠어요?

무릇 좋은 일이 있을 때 함께 나누는 넉넉한 마음이 필요하지 않을까요?

글쓰기 마당

1. 이 이야기의 다음 내용을 한 문단 정도 만들어 이어 봅시다.
2. 마음씨 좋은 하인을 만났다고 생각하고 이야기를 바꾸어 봅시다.
3. 지나치게 욕심 많은 개가 주인공이라고 생각하고 이야기를 만들어 봅시다.
4. 우리 생활과 주변 사람들을 소재로 이와 비슷한 이야기를 꾸며 봅시다.
5. 이 이야기를 읽고 떠오르는 것을 여러 친구들과 함께(또는 모둠별로) 한 단락씩 자유롭게 이어 쓰기를 해 봅시다.

함께 만들어 볼 수 있는 이야기들

- 이 사실을 알게 된 다른 개들이 다친 개를 치료해 주며 울분을 삼킨다.
- 허풍을 일삼던 개는 동네의 조롱거리가 된다.
- 개가 하인을 물어서 맞아 죽게 된다.
- 개가 하인을 물어서 이후에는 하인이 함부로 건드리지 못하게 된다.
- 이 사실을 알게 된 주인이 하인을 꾸짖고 하인은 다시 개에게 화풀이를 한다.

아낌없이 주는 나무

옛날에 한 그루의 나무가 있었다. 그 나무에게는 사랑하는 소년이 있었다. 소년은 매일 그 나무를 찾아와 한 잎 두 잎 떨어지는 나뭇잎을 주워 모아 왕관을 만들어 쓰고 놀았다. 나무 위로 기어 올라가 나뭇가지에 매달려 그네를 타기도 하고 과실을 따 먹기도 했다. 그리고 나무와 숨바꼭질 놀이도 했다. 소년은 나무를 퍽 사랑했다. 나무 또한 행복했다.

세월이 흘러 소년이 나이를 먹자 나무는 외롭게 홀로 있을 때가 많아졌다. 그러던 어느 날, 소년이 나무를 찾아왔다.

나무가 말했다.

"얘야, 나를 타고 올라와 예전처럼 가지에 매달려 그네도 타고 과실도 따 먹고 재미있게 지내자."

소년이 말했다.

"나는 이제 너무 컸기 때문에 네게 올라가 놀 수 없어. 그보다

뭘 사서 재미있게 놀고 싶은데 돈이 없단 말이야. 돈을 좀 마련해 줄 수 없겠니?"

"미안하구나. 내겐 돈이 없어. 내가 가지고 있는 것은 나뭇잎과 과실뿐이야. 내 과실을 따다가 팔아서 돈을 만들면 되지 않겠니?"

소년은 나무의 말대로 과실을 따 가지고는 가버렸다. 그걸 지켜본 나무는 행복했다. 그러던 어느 날 소년이 돌아왔다. 나무는 너무 기뻐 어쩔 줄 몰랐다.

"얘야, 내게로 올라와 그네를 타며 재미있게 놀자."

소년이 말했다.

"나는 너무 바빠 그럴 수가 없어. 내게는 지금 집이 필요해. 결혼을 하려면 집이 있어야 되거든. 나에게 집을 마련해 줄 수 있니?"

"나에겐 집이 없어. 하지만 내 가지를 베면 그것으로 집을 지을 수 있을 거야."

소년은 집을 짓기 위해 나뭇가지들을 베어서 가버렸다. 나무는 행복했다. 그러나 소년은 오랜 세월이 흘러도 돌아오지 않았다. 그러다가 소년이 돌아왔을 때, 나무는 그 기쁨을 이루 다 표현할 수 없었다.

"얘야, 어서 와."

나무는 속삭였다.

"나와 놀아 줘."

“난 너와 놀기엔 이제 너무 나이가 많아. 나는 보트가 필요해. 내게 보트 한 척 마련해 줄 수 있겠어?”

“그렇다면 내 몸통을 베어 보트를 만들면 되겠구나. 그러면 너는 행복해지겠지.”

소년은 나무의 몸통을 배어 보트를 만들어 타고 멀리 떠났다. 오랜 세월이 지난 뒤 소년이 다시 돌아왔다.

“얘야 미안하구나.”

나무가 말했다.

“이젠 너에게 줄 것이라곤 아무것도 없구나. 과실도 없으니.”

“나는 이빨이 나빠져서 과실을 먹을 수 없단다.”

“내겐 이제 가지마저 없으니 네가 그네를 탈 수도 없게 됐구나.”

“나는 이제 너무 늙어 네 가지에 매달려 그네도 탈 수 없단다.”

“내게는 몸통마저 없으니 네가 나를 기어오를 수도 없겠구나.”

“나는 기운이 없어서 나무에 오를 수도 없어.”

“미안해. 무언가 네게 주었으면 좋겠지만……. 지금 내게는 아무것도 없구나. 이 늙어빠진 나무 밑동뿐이니.”

“내겐 더 이상 필요한 것은 없어.”

소년이 말했다.

“그저 앉아 쉴 수 있는 조용한 자리밖엔. 나는 몹시 피곤할 뿐이야.”

소년은 나무 밑동 위에 앉았다. 그래서 나무는 행복했다.

구두쇠와 금덩이

돈을 쓸 줄은 모르고 모을 줄만 아는 구두쇠 영감이 있었다. 구두쇠 영감은 자기가 평생 모은 돈을 모두 금화로 바꾸어서 아무도 몰래 땅속에 묻어 두었다. 그러고는 하루에 한 번씩 그곳을 파서 돈을 확인한 뒤 다시 묻어 두곤 했다.

구두쇠 영감의 행동을 수상하게 여긴 마을의 젊은이가 그 뒤를 따라갔다. 그리고 영감이 금화 자루를 캐냈다가 다시 묻어 두는 것을 보게 되었다. 젊은이는 구두쇠 영감의 돈을 몽땅 꺼내고 그 속에 돌멩이를 가득 넣어 두었다. 다음 날, 돈이 모두 없어진 것을 알게 된 구두쇠는 기절할 듯 놀랐다.

“어떤 녀석이야? 내가 평생 모은 돈을 하룻밤 사이에 가로채 가다니, 천벌을 받을 것이다!”

아무리 소리쳐도 돈을 찾을 길이 없자, 구두쇠 영감은 절망하여 슬피 울었다. 그때 그곳을 지나가던 사람이 구두쇠 영감에게 우는 이유를 물었다.

"내 말 좀 들어 보시오. 이렇게 분한 일이 세상에 또 어디 있겠소?"

구두쇠 영감은 자기가 평생 모은 돈을 누군가 꺼내 가고 돌멩이만 넣어 두었다는 사실을 이야기했다. 그리고 마지막에 이렇게 덧붙였다.

"평생 단 한 푼도 쓰지 않고 모은 돈이라오."

그러자 그 사람은 껄껄 웃으며 말했다.

"노인장, 그렇다면 그다지 슬퍼할 일도 아니군요."

구두쇠 영감은 화를 내며 소리쳤다.

"왜 슬프지 않단 말이오? 내가 평생 모은 돈이 없어졌는데……."

"노인장은 어차피 그 돈을 어디엔가 쓰실 것이 아니고 들여다보기만 할 것이 아니었습니까? 그렇다면 거기 묻혀 있는 것이 금화든 돌멩이든 무슨 상관이 있겠습니까?"

구두쇠

자기 생각 나누기

1. 구두쇠 영감을 동정하는 쪽과 비판하는 쪽을 나누어 이에 맞춰 토론해 봅시다.
2. 여러분이 큰돈을 모으거나 갑자기 큰돈이 생긴다면 무엇을 하고 싶은가요?
3. 돈을 올바르게 사용하는 방법에 대해 이야기해 봅시다.
4. 돈의 편리함과 부작용에 대해 예를 들어 말해 봅시다.

길잡이

우리 사회에서 돈으로부터 자유로운 사람은 아무도 없습니다. 어른들은 대부분 돈을 좀 더 벌 수 있는 직업을 가지도록 권할 겁니다. 그 어른이 특별히 돈을 좋아하는 사람이기 때문에 그러는 게 아니라는 것을 우리 모두 알고 있습니다.

농사를 짓고 살던 시절, 우리 선조들은 돈 몇 푼을 각박하게 따지지 않았습니다. 선조들은 자기가 직접 노동을 해서 먹고 살았습니다. 즉 자급자족을 한 것입니다. 이처럼 자기가 필요한 물건을 직접 생산해서 쓰는 곳에서는 돈보다 사람들 사이의 협동이 훨씬 중요합니다. 자연과 부딪치며 먹을거리를 해결해야 했던 선조들은 사람들 사이의 협동이 얼마나 중요한 힘인가를 체험으로 알고 있기 때문에 누구든 자신의 집에 찾아오는 손님을 귀중히 모셨습니다.

필요한 물건이 생기면 서로 맞바꾸어 썼습니다. 그런데 여기서 문제가 생기죠. 생활에 필요한 물건들이 자꾸 늘어나니까 그걸 서로 교환하는 비율을 정하기가 어려워진 것입니다. 각 상품마다 얼마나 노동력이 들었는지 포장지에 찍혀 있다면 좋겠지만 사람의 '노동'을 그렇게 잴 수는 없으니까요.

바로 이 문제를 풀기 위해 발명한 것이 '돈'입니다. 종이에 세종대왕이 찍혀 있는 종이돈이 나타난 것은 최근의 일입니다.

돈이 없었던 옛날에는 쌀이나 옷감이 교환의 기준이었습니다. 하지만 쌀이나 옷감은 때에 따라 가치가 달라지기 때문에 보편적인 교환의 기준을 정하기 어려웠습니다. 또 쌀이나 옷감은 일일이 운반해야 하는 번거로움이 생겼습니다. 그래서 문명사회에서는 가치 변동이 적고, 운반하기도 편리한 물건인 금이나 은을 화폐로 삼은 것입니다. 그러나 산업이 발전하면서 금과 은만으로는 늘어나는 돈의 필요를 충족하지 못하게 되었습니다. 이에 따라 한 나라의 정부가 종이돈을 찍어 그것을 화폐로 삼는 제도를 만들었죠.

그런데 언젠가부터 우리 사회를 돈이 지배하게 되었습니다. 상품은 온 천지에 가득합니다. 그러나 돈이 없으면 주린 배를 채울 수도, 마른 목을 축일 수도 없고, 밤이 되어도 잠자리를 얻을 수 없게 되었습니다. 태어날 때도 돈을 지불해야 하고, 죽을 때도 돈을 지불해야 합니다. 돈이 없는 사람들은 자신이 살던 집에서 쫓겨나야 하며, 가게에서 라면 한 봉지 가져올 수 없습니다. 돈이 없으면 늙은 부모님에게 효도하기도 힘들어집니다. 돈 없이는 단 하루도 살 수 없는 사회, 모든 것들이 상품으로만 팔리고 있는 사회가 된 것입니다.

생활하는 데 필요한 것과는 관계없이 돈 버는 것 자체를 위해 사는 사람들이 있습니다. 바로 이 이야기의 주인공과 같은 사람들이지요.

돈이 100억 원이 넘으면 자신의 재산이 어디에서 어떻게 굴러가는지 남이 계산을 해 주지 않으면 모른다고 하는군요. 이 사람들은 10억이 있으면 100억을 꿈꾸고 100억이 있으면 1,000억을 꿈꾼답니다. 심지어 돈을 위해 자기 부모를 끔찍하게 찔러 죽이는 사건도 있었습니다.

항상 돈이 부족해서 쩔쩔매던 어떤 아주머니는 늘 남편을 원망하고 돈 잘 쓰는 다른 사람을 보면서 자신의 신세를 한탄하고는 했지요. 그런데 우연히 '내 손에 들어온 돈은 내 것이 아니라 단지

내 손을 통해 세상에다 쓰라고 있을 뿐이다. 내 돈이라는 것은 애초부터 없다'라는 어느 목사님의 설교를 듣게 되었습니다. 그날부터 자신의 이름으로 된 예금이 없다는 사실이 서글프지 않았고, 다른 친구의 집에 돈이 많은 것도 조금도 부럽지 않았습니다. 돈은 그냥 내 손을 거쳐 가는 것일 뿐이니까요.

돈을 가치 있게 쓰는 길은 무엇일까요? 이야기 속 구두쇠 영감처럼 자기 손에 들어온 돈을 무조건 숨겨두고 아예 활용할 생각도 않는 어리석은 사람도 있을 수 있습니다. 요즘은 자기 돈을 굴려서 계속 더 많은 돈을 모으는 그 자체에 의미를 두는 사람도 많습니다. 그 사람들은 자기가 죽어도 자손들이 혜택을 보니까 좋다고 생각한답니다.

지구상에 살다가 갔다는 흔적을 남기는 데는 여러 가지 방법이 있을 겁니다. 단순히 자식들에게 돈을 물려주는 걸로 흔적을 남기려고만 하지 말고 좀 더 시야를 넓혀서 이 사회의 수많은 후손을 위해 쓰는 것이 더 보람 있는 일 아닐까요? 흔히 말하는 '사회환원'이라는 방식을 통해서 말이죠.

돈은 돌고 돌아 사회를 원활하게 움직이게 하고 많은 사람들이 혜택을 받을 수 있게 해야 합니다. 아까운 인생을 돈, 돈, 돈 하다가, 있는 돈 잃을까 봐 전전긍긍하다가 죽으면 그 돈은 다 어찌합니까? 결국 죽을 때는 빈손인 것을.

먹고 살 만큼, 세상이 아름답다고 느낄 만큼, 다른 사람에 대한 사랑을 잃지 않을 만큼의 돈이면 충분하지 않을까요?

글쓰기 마당

1. 이 이야기의 다음 내용을 한 문단 정도 만들어 이어 봅시다.
2. 이 이야기에서 돈이 없어지지 않았다면, 그 다음은 어떻게 전개되었을까 이야기해 봅시다.
3. 이 이야기에서 주인공이 돈을 아끼지 않는 여유 있는 사람이라고 상상하여 새로 이야기를 만들어 봅시다.
4. 우리 생활과 주변 사람들을 소재로 이와 비슷한 이야기를 꾸며 봅시다.
5. 이 이야기를 읽고 떠오르는 것을 여러 친구들과 함께(또는 모둠별로) 한 단락씩 자유롭게 이어 쓰기를 해 봅시다.

함께 만들어 볼 수 있는 이야기들

- 구두쇠 노인은 계속 슬픔에 잠겨 시름시름 앓다가 죽는다.
- 많은 현상금을 걸고 범인을 잡아낸 뒤 철저한 보안 장치를 하고 더욱 돈을 끌어모은다.
- 돈을 활용하고 분배하는 데 관심을 가지게 되어 활발한 경제 활동을 한다.
- 자선 단체에 전 재산을 기부한다.
- 재산이 많은 것을 알게 된 자식들이 이리저리 다 뜯어가고 처량한 신세가 된다.

일곱 금 단지

황실 이발사가 유령 붙은 나무 아래로 지나가는데, 문득 소리가 들렸다.

"일곱 금 단지 갖고 싶지, 그렇지?"

이발사는 사방으로 두리번거리다가 아무도 안 보이자, 욕심이 일어 간절히 외쳤다.

"그럼요. 갖고 싶고 말고요."

"그럼 얼른 집으로 달려가 봐. 가 보면 틀림없이 있을 테니까."

단숨에 이발사는 집으로 달려갔다. 아니나 다를까. 단지 일곱 개가 있고, 모두 금화가 가득했다. 그런데 그중 하나는 반만 차 있었다. 이발사는 반만 찬 단지를 마저 채우고 싶은 걷잡을 수 없는 충동을 느꼈다. 그걸 가득 채워 놓기 전에는 도무지 행복하지 못할 것만 같았다. 이발사는 자기 집 패물들을 모조리 금화로 바꾸어 반만 차 있는 단지에 쏟아 넣었다. 그러나 이상하게도 여전히 반 단지 그대로였다. 이발사는 더욱 절약하고, 자기 자신과 식구들의 허리띠를 졸라매서 반만 찬 단지를 채우려 했다. 그러나 아무리 애를 써도 단지는 여전히 반 단지일 뿐이었다.

이발사는 임금님께 봉급을 올려 달라고 간청했다. 봉급이 배로 올랐다. 다시 단지 채우기가 시작되었다. 나중에는 동냥까지 했다. 그래도 금 단지는 차지 않았다. 이발사의 여위고 궁상맞은 꼴이 이제 임금님 눈에도 띄었다.

"봉급이 적었을 때는 그다지도 행복하고 흡족한 기색이더니, 봉급이 두 배가 된 지금은 맥이 빠져 축 늘어진 꼴이로구나. 혹시 일곱 금 단지를 가진 게 아니냐?"

이발사는 깜짝 놀랐다.

"누구한테서 들으셨사옵니까, 폐하?"

임금님이 껄껄 웃었다.

"요즘 네 행색이 영락없이 금 단지 받은 자의 증상 그대로가 아니냐. 일찍이 나도 그걸 받은 적이 있었느니라. 그때 나는 그 돈을 내가 써도 좋다거나 아니면 그냥 그대로만 저장할 수 있게 해 달라고 청했다. 그랬더니 유령은 두말없이 사라져 버리더구나. 그 돈은 쓸 수 없는 돈이니라. 더 채우고 싶은 욕심만 부채질하는 것이야. 지금 당장 가서 그걸 유령에게 되돌려 주도록 해라. 그러면 다시 행복해질 것이니라."

까마귀와 까치

과수원을 하는 농부가 있었다. 농부는 봄과 여름 내내 아주 열심히 일했다. 덕분에 가을이 되자 과일들이 주렁주렁 열렸다. 그런데 어디에선가 까마귀들이 날아와서 잘 익은 과일들을 매일 쪼아 먹었다.

"저놈의 까마귀, 훠이 훠이."

농부는 날마다 까마귀를 쫓느라 기진맥진했다. 그러나 얄밉게도 까마귀들은 이 나무 저 나무 옮겨 다니면서 계속 과일을 쪼아 먹었다. 농부는 걱정이 되어 잠도 제대로 잘 수가 없었다.

자나깨나 까마귀를 쫓아낼 궁리만 하던 농부는 커다란 그물을 만들어 과일나무 위에 쳐 놓았다. 얼마 뒤에 날아온 까마귀들은 과일을 쪼아 먹으려다 모두 그물에 걸리고 말았다. 농부는 재빨리 달려와 그물을 걷었다. 그런데 그 속에는 까치도 한 마리 들어 있었다.

“농부님, 저는 과일을 쪼아 먹지 않았어요. 제발 살려 주세요.”

“그게 무슨 소리야. 네가 나쁜 짓을 했건 안 했건 간에 나쁜 까마귀들과 같이 온 건 분명하잖아. 살려 줄 수 없다.”

농부는 이렇게 말을 끝내고는 까마귀와 까치를 모두 죽여 버렸다.

자기 생각 나누기

1. 까마귀는 까치가 억울하다는 것을 알고 있었습니다. 죽기 직전의 까마귀는 농부에게 까치에 대해 어떻게 말할까요?
2. 까치가 이런 상황에서 살아날 수 있는 방법이 있을까요?
3. 농부의 태도를 비판해 봅시다.
4. 여러분도 까치처럼 억울한 경우를 당한 적이 있나요? 각자 자기 경험을 말해 봅시다.

길잡이

어른들이 여러분에게 자주 하는 말 가운데 하나가 '나쁜 친구를 사귀지 말라'일 것입니다. 어떤 친구가 나쁜 친구인가 하는 기준은 다양합니다. 흔히 말하는 비행 청소년인 경우도 있지만, 단순히 복장이 특이해서 눈에 띈다든지, 공부를 못한다든지 또는 그 친구의 가족 관계가 좀 복잡하다는 이유로 사귀지 말라고 윽박지르기도 합니다.

때로는 어른들과는 할 수 없는 은밀한 이야기를 나누거나, 금지된 장소에 가 보거나, 금지된 행동을 같이 할 수 있는 이런 친구들이 모범생보다 더 매력적이고 인간적으로 보이기도 합니다. 어른들의 '나쁜 친구'라는 평가는 터무니없어 보이고 오히려 이런 평가를 받는 그 친구가 불쌍해 보여서 더 마음이 가기도 합니다.

이런 경우가 닥칠 때마다 참으로 판단하기 어렵다는 생각이 듭니다. 불법 인터넷 사이트를 통해 19금 영상이나 만화를 본다고 해서 모두 다 사회의 낙오자가 되는 것은 아닙니다. 실제로 공부도 잘 하고 건실하게 살고 있는 청년들 가운데도 금지된 영상이나 만화를 한 번도 보지 않은 사람은 많지 않습니다.

사람은 혼자보다는 여럿일 때 용기가 나는 법입니다. 여러분 혼자서 여러 명의 이성(異性)이 모여 있는 곳을 지난 적이 있다면, 그들이 나 하나를 보고 있다는 생각 때문에 행동이 위축되고 쑥스러워서 고통스럽기조차 했던 기억이 있을 겁니다. 감히 그쪽을 쳐다본다는 건 더욱 어려운 일이죠. 그런데 친구들과 여럿이 지나갈 때는 어땠던가요? 마음도 편하고, 몸도 자유로웠을 겁니다. 그 차이는 바로 여럿이 함께 있다는 데서 오는 안도감과 용기입니다.

시험 때 커닝도 개인적으로 혼자 하면 부담이 크지만 많은 사람이 대대적으로 저지를 때는 훨씬 마음의 부담이 적어집니다. 하다못해 숙제도 나 혼자 안 했으면 부랴부랴 친구 것을 베끼고 야단법석이지만 숙제를 안 한 사람이 해 온 사람보다 더 많을 때는 훨씬 느긋했던 기억도 있을 겁니다.

혹시 학교 안의 불량 학생들에게 괴롭힘을 당해 본 기억이 있습니까? 그들도 각자의 반에 흩어져 있을 때는 온순한 양처럼 얌전하게 행동하는 경우가 많습니다. 그러나 함께 모여 있을 때면 폭력을 행사하거나 야비한 짓들을 쉽게 합니다.

물론 이렇게 여럿이 함께하는 일이 늘 그렇게 부정적인 것은 아닙니다. 사회적으로 가치 있는 일이거나 사회에 도움을 주는 일도 역시 혼자보다는 여럿이 함께할 때 훨씬 힘이 나고 효과도 큽니다. 환경오염을 감시하고 고발하는 일을 혼자 할 수 있겠습니까? 정치가들에게 그 잘못을 고치라고 압력을 넣으려면 되도록 많은 사람이 힘을 모아야 되겠죠?

여럿이 함께함으로써 개인의 발전에 도움을 주는 일도 많습니다. 여러 친구가 모여서 책을 보거나, 여행을 가거나, 특기를 배우러 다니거나, 어떤 사회적인 문제에 대해 토론을 한다거나 하는 일들 말이죠. 선의의 경쟁을 벌일 만한 맘에 맞는 친구들이 있다면 금상첨화입니다.

그러나 애석하게도 늘 그럴 수는 없습니다. 누구든 환경에 따라 전혀 다른 사람이 될 수 있다는 걸 생각해 보면 '친구 잘 사귀라'는 어른들의 말이 마음에 들지 않더라도 조금은 이해가 될 것입니다. 물론 어떤 친구가 과연 '좋은 친구'인가 하는 점은 더 두고 생각해 봐야겠지요.

어쨌든 까치는 너무 억울했습니다. 살다 보면 우연히 어떤 장소에 있을 수도 있는데 단지 그것 때문에 죽어야 한다니요. 농부는 당연히 그 까치가 정말 죄가 있나 없나를 알아보아야만 했습니다. 아무리 짐승이라고 해도 말입니다. 하물며 사람이 이런 억울한 일을 당하면 얼마나 기가 막힐까요?

그런데 그런 일이 심심찮게 일어나고는 합니다. 다른 애들이 수군대는 것 때문에 선생님의 신경이 곤두서 있던 차에, 옆자리 아이에게 지우개를 빌려 달라는 말을 하는 순간 본보기로 걸려서 된통 혼난다든지, 조용히 있었는데도 '떠들지 마'라는 말에 '안 떠들었는데요' 하고 대꾸했다가 무지막지하게 야단맞는다든지 하는 일 말이죠. 한두 명의 잘못으로 전원이 벌을 받는 단체 기합 같은 것도 억울하기 짝이 없는 일이죠.

그런 공정하지 못한 일은 가족이나 친구 간에도 흔히 일어납니다. 심지어 학생들의 오해로 선생님들도 억울할 때가 있습니다. 실제로 어떤 선생님은 '차별하지 않는 선생님'이 되고 싶어서 여러 가지로 모범적인 아이들보다 공부 못하고 집안 형편이 어려운 학생들에게 일부러 더 관심을 보이곤 했는데 얼마 지나지 않아 '어떤 선생님은 누구만 좋아한다'라는 소문이 나서 곤욕을 치르기도 했습니다.

핑계 없는 무덤은 없다고 하지만, 정말 억울하게 감옥살이를 하는 사람들이 간혹 있습니다. 몇 년간 옥살이 끝에 무죄 판결로 풀려나는 사람들의 이야기가 종종 뉴스에 소개되는 게 좋은 예입니다. 100명의 범인을 놓치더라도 한 명의 억울한 사람을 만들면 안 된다는 것이 법조계에 종사하는 사람들에게 전해지는 교훈이라고 합니다. 올바른 재판 절차, 올바른 재판관이 얼마나 필요한지는 일일이 말할 필요조차 없지요.

크든 작든 억울한 일을 겪는 사람은 없어야 합니다. 그러기 위해서는 어떤 행동을 할 때마다 내 판단이 과연 옳은지, 객관적인지 생각하는 습관이 필요할 것입니다. 특히 이 이야기에 나오는 농부처럼 남의 인생이나 목숨까지 좌우할 수 있는 사람이라면 더욱 그러합니다.

글쓰기 마당

1. 이 이야기의 다음 내용을 한 문단 정도 만들어 이어 봅시다.
2. 농부가 까치의 말을 믿었다면, 그다음은 어떻게 전개되었을까 이야기해 봅시다.
3. 까마귀 속에 끼인 것이 까치가 아니라 솔개나 제비 등 다른 새였다면 어떤 이야기가 될까요?
4. 우리 생활과 주변 사람들을 소재로 이와 비슷한 이야기를 꾸며 봅시다.
5. 이 이야기를 읽고 떠오르는 것을 여러 친구들과 함께(또는 모둠별로) 한 단락씩 자유롭게 이어 쓰기를 해 봅시다.

함께 만들어 볼 수 있는 이야기들

- 소식을 들은 다른 까치들이 몰려와서 농부의 곡식을 모두 휘저어 놓음으로써 복수를 한다.
- 그 후 까치들은 까마귀를 원망하여 원수처럼 지낸다.
- 현명한 농부의 판단으로 까치를 살려준 뒤 까마귀를 감시하는 데 이용한다.

어진 사람은 한 가지 재주도 소홀히 하지 않는다

옛날 중국 조나라에 '공손룡'이라는 어질고 지혜로운 사람이 살고 있었다. 그는 많은 제자들을 거느리고 있었는데, 제자들에게 항상 이렇게 일렀다.

"나는 재주가 없는 사람은 제자로 삼지 않는다."

어느 날, 거친 털옷을 입고 머리에 새끼를 두른 보잘것없는 남자가 공손룡을 찾아왔다.

"저를 선생님의 제자로 삼아 주십시오."

공손룡은 그에게 물었다.

"그대는 무슨 재주를 가지고 있는가?"

그 남자는 부끄럽게 대답했다.

"저에게는 특별난 재주가 없습니다. 있다면 다만 목소리를 크게 낼 수 있을 뿐입니다."

그러자 공손룡은 제자를 둘러보며 물었다.

"너희 중에 목소리를 크게 낼 수 있는 사람이 있느냐?"

"아무도 없습니다."

제자들이 말했습니다.

"그러면 저 남자를 나의 제자로 받아들이겠다."

그는 공손룡의 제자가 되었다. 며칠 뒤 공손룡은 제자들을 데리고 연나라로 떠났다. 도중에 어느 강에 이르게 되었는데, 배가 건너편 강가에 대어 있었으므로 탈 수가 없었다. 공손룡은 목소리가 큰 제자를 불러 건너편 강가를 향해 소리치게 했다. 그 제자가 큰 목소리로 사공을 부르자 건너편 강가에 있던 배가 그들에게 다가와 배를 탈 수 있었다. 이와 같이 어질고 지혜로운 사람은 한 가지 재주라도 소홀히 하지 않는다.

말과 멧돼지

말과 멧돼지가 함께 살고 있었다. 말은 깔끔한 걸 좋아하고 멧돼지는 지저분한 걸 즐겼다.

"멧돼지야, 좀 깨끗하게 지낼 수는 없니? 이거야 원 더러워서 있을 수가 없잖아."

말은 지저분한 멧돼지에게 좀 깨끗이 지내자고 말했다.

"무슨 상관이야. 어떻게 지내든 마음 편하게 살면 되잖아."

멧돼지는 말이 이러쿵저러쿵 잔소리하는 걸 싫어했다. 그러고는 언제나 제멋대로였다. 말과 멧돼지의 먹이는 넓은 벌판에 있는 무성한 풀이었다. 그런데 멧돼지는 풀밭에서도 제 마음대로였다. 한 곳에서만 풀을 뜯는 것이 아니고 이곳저곳 다니며 풀을 뜯다가는 마구 짓밟고 더럽혔다. 골짜기 물을 마실 때도 첨벙거리며 물을 흐리게 했다. 깨끗한 걸 좋아하는 말은 더 이상 참을 수가

없었다. 멧돼지를 한번 혼내 주어야겠다고 생각한 말은 사냥꾼을 찾아가 멧돼지를 혼내는 데 힘을 빌려 달라고 했다.

"좋아, 네 소원을 들어주지. 그 대신 너는 재갈을 물고 나를 태워 줘야 해. 널 타고 빨리 뛰어야 멧돼지를 잡을 수 있으니까."

사냥꾼이 말했다.

"좋아요. 그렇게 합시다."

말이 승낙했다. 사냥꾼은 말을 타고 멧돼지를 쫓아가서 창으로 멧돼지를 찔렀다. 멧돼지는 죽어 가며 말했다.

"이 비겁한 말아, 나는 너 때문에 죽게 되었지만 넌 영원히 노예가 될 거야."

멧돼지의 말대로 사냥꾼은 말을 놓아 주지 않았다. 재갈을 물린 채 마구간으로 끌고 가서 고삐를 매고 마음대로 부려 먹었다.

자기 생각 나누기

1. 여러분이 만약 멧돼지 같은 친구와 짝이 되었다면 어떻게 했을까 생각해 봅시다.
2. 개성과 자유는 어디까지 존중될 수 있을까 이야기해 봅시다.
3. 멧돼지는 죽어 가면서도 반성할 생각은 하지 않고 도리어 말을 원망했습니다. 멧돼지가 남긴 말에 대해 비판해 봅시다.
4. 가족이나 부부 사이에 이런 갈등이 있을 땐 어떻게 해야 할까요?
5. 말의 행동을 비판해 봅시다.

길잡이

이 이야기는 단순하게 보면 성격이 너무나 다른 두 친구가 살았는데 도저히 견딜 수 없었던 한 친구가 자신의 자유까지 팔아서 친구를 혼내 주고 나니 결국 자신도 좋을 게 없었다는 그런 이야기입니다. 그런데 단순하게 '수단과 방법을 가리지 않고 남을 괴롭히다가는 망하는 수가 있으니 남을 함부로 괴롭히지 마라'라는 의미로 정리하고 넘어가기에는 왠지 마음속에 무겁고 답답한

구석이 있습니다. 이 이야기는 인간관계의 올바른 모습에 대해 다시 한번 생각할 거리들을 담고 있기 때문입니다.

이 짧은 이야기를 읽을 때마다 새록새록 많은 생각들이 솟아오를 것입니다. 과연 말은 그렇게까지 해서라도 멧돼지를 혼내 주어야 했을까, 그리고 말에게 그럴 자격이 있는 것일까? 그는 왜 멧돼지를 혼내 주어야겠다고 생각했을까? 그리고 멧돼지에게는 친구의 하소연도 아랑곳하지 않고 끝까지 버티다가 죽임을 당할 만큼 방종과 불결함이 소중했던 것일까? 죽어 가면서도 자신을 반성하기보다는 친구를 원망하는 멧돼지를 어떻게 생각해야 할까?

남의 티끌은 탓하면서도 자기 눈의 들보는 못 본다는 말처럼 사람들은 남에게서는 약점을 먼저 보고 자신에게서는 장점을 먼저 봅니다. 남의 약점을 가려 주고 덮어 주어서 잘 할 수 있도록 이끌어 주기보다는 약점을 찾아내어 못살게 구는 일이 훨씬 적성에 맞는 모양입니다.

공자는 말했습니다.

"군자는 모든 것을 자기에게서 찾아보고 소인은 남에게서 찾아본다."

"모든 사람이 그를 싫어할지라도 반드시 살펴볼 것이다."

이 말의 바탕에는 타인에 대한 객관적이고 정확한 시각과 겸손

함이 모든 인간관계를 올바르게 설정할 수 있다는 생각이 깔려 있습니다. 천성이 느긋하고 자유로움을 추구하는 멧돼지는 결벽증에 가까울 정도로 깔끔을 떨면서 잔소리를 퍼부어 남을 피곤하게 만드는 말이 얄미워서 일부러 더 어깃장을 놓았을지도 모릅니다.

워낙 깔끔하고 깨끗한 것을 좋아하는 말은 멧돼지의 방종한 행동과 불결하기 짝이 없는 위생 관념을 용서할 수 없어서 독한 마음을 먹었을 것입니다. 결국 각자의 눈에 비친 상대방의 나쁜 점만 보고 좋은 점을 놓치다 보니 감정싸움이 되어 버렸을 것입니다. 만약 말이 멧돼지의 분방한 기질을 높이 평가하면서 간청을 했더라면, 멧돼지가 말의 깔끔하고 정돈 잘하는 태도를 높이 사서 조금 양보를 했더라면 이 이야기의 결말은 그야말로 '해피엔딩'이었을 것입니다.

결국 이 이야기는 '남을 해치려다가는 나도 망하는 수가 있으니 조심해라' 하는 차원이 아니라 '서로에 대한 용서와 양보가 아름답고 행복한 세상을 만들어 준다'는 차원으로 승격시켜야 하고, 모든 인간관계의 소중한 교훈으로 삼아야 할 것입니다.

용서와 양보야말로 '진실한 사랑'의 핵심이 아닐까요? 친구, 부모와 자식, 스승과 제자, 남편과 부인, 시어머니와 며느리, 고용주와 고용인, 가진 자와 못 가진 자, 국가와 국민 등 모든 관계가 진실한 사랑으로 맺어져야 건강한 사회를 유지할 수 있습니다.

글쓰기 마당

1. 이 이야기의 다음 이야기를 한 문단 정도 만들어 봅시다.
2. 말이 사람이 내건 조건을 거부하고 돌아온다면 그 다음은 어떻게 전개될까 이야기를 만들어 봅시다.
3. 말의 잔소리에 견디다 못해 멧돼지가 신경 쇠약에 걸렸다면 말은 어떻게 했을까요?
4. 우리 생활과 주변 사람들을 소재로 이와 비슷한 이야기를 꾸며 봅시다.
5. 이 이야기를 읽고 떠오르는 것을 여러 친구들과(또는 모둠별로) 함께 한 단락씩 자유롭게 이어 쓰기를 해 봅시다.

함께 만들어 볼 수 있는 이야기들

- 도저히 견딜 수 없었던 말은 멧돼지와 결투를 해서 멧돼지의 버릇을 고쳐 놓는다.
- 말의 결벽증에 질린 멧돼지는 떠나 버리고 다른 짐승들도 말과 함께 살기를 거부해서 말은 외톨이가 된다.
- 멧돼지를 타이르다 지친 말은 깔끔한 친구를 찾아 떠나고 멧돼지는 계속 불결하게 살다가 병에 걸려 죽는다.
- 말의 잔소리에 멧돼지는 신경 쇠약에 걸리고 말은 결벽증이 심해져서 직장에서 쫓겨난다.
- 멧돼지는 잔소리를 듣는 게 얼마나 피곤한 일인지 알려주기 위해 이를 악물고 말보다 더 깔끔을 떨면서 말에게 잔소리를 해댄다. 그러다 보니 진짜 깔끔하게 되었다.

또 다른 이야기 하나

독수리 임금의 생일잔치

독수리 임금의 생일잔치가 벌어지고 있었다. 온갖 새들이 진귀한 선물들을 바쳤으나 독수리 임금은 그리 탐탁한 눈치가 아니었다. 신하들은 어떻게 하면 독수리 임금을 즐겁게 해 드릴 수 있을까 하고 긴급 회의를 했다.

앵무새가 오랜 생각 끝에 입을 열었다.

"노래잔치를 여는 게 어떻겠소?"

모두 찬성이었다. 곧 노래잔치가 베풀어졌다. 각 부족마다 대표가 나와 노래를 불렀다.

꾀꼬리가 아름다운 자태를 자랑하며 노래를 부르기 시작했다.

"호 호 호르르르, 호르르르 호."

선녀가 무지개구름을 타고 옥피리를 부는 것 같은 꾀꼬리의 노랫소리에 임금의 마음은 천국을 헤매는 것만 같았다.

"아…… 어쩌면 노랫소리가 이토록 아름답단 말이냐!"

독수리 임금 입에서는 감탄사가 그치지 않았다. 앵무새를 비롯한 측근들은 임금이 즐거워하는 것을 보고 비로소 마음이 놓였다.

꾀꼬리가 노래를 끝내자 소쩍새의 차례가 왔다.

"소오쩍, 소쩍 소쩍."

깊은 산 속에서 귀신을 부르는 듯한 처량한 소리였다. 독수리 임금의 얼굴에 한 줄기 어두운 구름이 스치고 지나갔다. 소쩍새의 노랫소리가 마음에 거슬리는 모양이었다. 노래가 채 끝나기도 전에 물러가라는 손짓이 떨어졌다.

부엉새가 소쩍새에 이어 노래를 부르기 시작했다.

"부 부 부 부엉, 부 부 부 부엉"

비 오는 그믐날 밤에 자식을 잃은 늙은 어미가 목메어 우는 듯한 쉰 목소리였다.

독수리 임금의 얼굴은 금세 소나기라도 퍼부을 듯하였다.

다음은 까마귀였다. 임금의 언짢은 표정을 살피고 난 까마귀는 정성껏 목청을 가다듬었다.

"까까 까우. 까우 까우 까까 까우."

까마귀는 아름다운 목소리를 내려고 있는 재주를 다했다. 독수리 임금의 어깨가 노여움으로 부르르 떨렸다.

"그만! 썩 물러가도록 하라!"

당황한 것은 앵무새를 비롯한 여러 임금의 측근들이었다. 모처럼 임금의 생일잔치를 즐겁게 하려던 것이 틀어지고 말았다. 다시 긴급 회의가 열렸다. 여러 가지 의견이 나왔으나 드디어 결론을 얻어 앵무새가 독수리 임금께 아뢰었다.

"임금님께서는 꾀꼬리의 노랫소리를 가장 즐거워하시는 것 같습니다. 임금님 생일을 기해 오늘부터 우리 모든 새 부족들의 울음소리를 꾀꼬리의 노랫소리로 통일할까 합니다. 자고로 임금님을 즐겁게 받드는 것이 백성 된 도리인 줄 알고 있습니다."

"알아서 하도록 하라."

곧 포고문이 내려졌다. 앞으로 임금의 귀에 거슬리는 목소리는 금지하고 모두 꾀꼬리의 노랫소리를 내도록 하라는 내용이었다. 소쩍새도, 부엉이도, 까마귀도 꾀꼬리의 노랫소리를 내야 했다. 이윽고 온 숲은 꾀꼬리 노랫소리로 가득 찼고 독수리 임금은 가는 곳마다 꾀꼬리 노랫소리만 들을 수 있어 더 없이 만족했다.

그러나 숲속 세계에는 상상할 수 없었던 큰 이변이 일어났다. 각 새 부족 사이에 생활 질서가 무너지고 만 것이다. 소쩍새는 소쩍소쩍 울어야 서로 모여들고, 부엉이는 부엉부엉 울어야 서로 대화가 통하고, 까마귀는 까악까악 울어야 집단행동을 할 수 있는데 모두 꾀꼬리 소리로 통일되었으니 누가 누구를 부르는지 분간을 할 수 없어 큰 혼란을 빚게 된 것이다. 탄원하는 대열이 줄을 이었다.

"임금님! 세상에는 저마다 제 목소리가 있는 법입니다. 바라건

대 저희들의 목소리를 다시 찾을 수 있도록 해 주십시오."

그러나 독수리 임금의 생각은 달랐다.

"나라와 임금이 한 몸이듯 임금과 백성도 한 몸인 것은 다를 바 없다. 나라에 충성한다는 것은 곧 임금에게 충성한다는 뜻이요, 임금에게 충성을 한다는 것은 곧 임금도 백성을 위해 그 뜻을 같이한다는 말이 된다. 임금에게 기쁜 일이 어찌 백성에게는 기쁘지 않은 일이 있단 말인가!"

결국 숲에는 혼란이 계속될 수밖에 없었다.

강물과 바다

어느 날, 강물들이 바다에 대해 이러쿵저러쿵 불만을 터뜨리고 있었다.

"우리가 민물로 바다에 들어가는데 왜 우리를 소금물로 만들어 사람들이 마시지도 못하게 하는지 모르겠어."

"정말이야, 바다는 뭐든지 자기 마음대로 하는 것 같아."

"그래, 도대체 왜 우리에게 한 마디 의논도 없이 멋대로 하는 거야?"

강물들이 투덜대는 소리를 듣고 바다가 점잖게 대답했다.

"그렇게 소금물이 되는 것이 싫으면 바다로 안 오면 되잖아. 그러면 소금물이 안 될 테니까."

자기 생각 나누기

1. 강물처럼 서럽고 억울한 일을 당했던 경험을 이야기해 봅시다.
2. 친구들에게 바닷물처럼 굴었던 일은 없었나 생각해 봅시다.
3. 우리 주변에서 강물 같은 취급을 받는 사람들이 이런 상황을 이겨 내고 더 이상 그런 소리를 듣지 않으려면 어떻게 해야 할까요?

길잡이

이 짧은 이야기 속엔 과연 어떤 생각들이 담겨 있을까요? 여러분은 무슨 의미를 찾아냈습니까?

우리는 잘 알고 있습니다. 작은 물줄기가 모여 시냇물을 만들고 들판을 흘러가며 강물이 되었다가 바다로 흘러간다는 사실을 말입니다. 작은 것이 모여 큰 것을 만들어 냈을 때 큰 것이 작은 것에 감사해야 할까요, 아니면 작은 것이 큰 것에 고마워해야 할까요?

이솝은 이 이야기를 어떤 생각으로 만들어 냈는지 모르지만 다른 여러 가지 책을 보면 '사실상의 은인에 대해 가당찮은 비난을 하는 사람을 풍자한 이야기'라고 해설을 달아 놓았습니다.

이 이야기 속 바다의 말에는 '나는 아쉬울 것 없다. 투덜대지 말고 싫으면 안 오면 될 것 아니냐'라는 힘 있는 자의 당당함이 배어 있습니다. 또한 '뭐 그렇게 요란스레 떠들 거 있냐? 그만두면 되지. 난 아쉬운 것 하나도 없다.', '가난한 게 자랑이냐? 다 자기들이 게을러서 그 모양이지. 부지런만 떨어 봐. 사방에 깔린 게 돈 벌 일인데. 누군 가만히 앉아서 돈 버는 줄 아나? 우리도 고생할 만큼 했다구.' 이런 이야기들도 전형적인 강자의 논리입니다.

몇몇 사람들은 가난을 그 사람이 게으르거나 낭비가 심한 탓으로 여깁니다. 그러나 가난의 원인이 꼭 게으름이나 낭비 때문은 아닙니다. 왜냐하면 게을러서 못사는 사람도 있겠지만 열심히 일하고 검소하게 생활해도 가난하게 사는 사람도 많기 때문입니다.

일반적으로 빈곤이 심해지는 원인은 다음과 같이 생각할 수 있습니다. 우선 사람들이 필요로 하는 것이 부족하기 때문에 그렇다고 할 수 있습니다. 그러나 무엇보다 사회 구조적으로 부(富)가 한쪽에만 몰리기 때문입니다. 많은 자본을 가진 사람은 그 자본을 바탕으로 계속 부를 축적하여 더욱 큰 자본을 갖게 되고, 부가 한쪽에 몰리니까 상대적으로 가난한 사람이 더 많아지게 됩니다. 많은 부를 축적한 사람은 그 부를 축적하게끔 해 준 사람들에게 그 몫을 공정하게 분배해 주지 않고 자꾸 더 많은 부를 축적하려고 합니다. 이처럼 소득의 재분배가 잘 이루어지지 못하기 때문에 빈부의 차가 갈수록 심각해집니다.

이제는 땀 흘린 사람들에게 정당한 몫이 돌아가도록 배려해야 합니다. 또 그것을 보장하는 제도적 장치도 확실히 마련되어야 합니다. 이것이 이루어져야 비로소 우리는 특별히 그 누가 은인이랄 것 없이, 상대방에 감사하고 상대방을 배려하며 함께 잘 사는 화합의 세상을 만들 수 있을 것입니다.

글쓰기 마당

1. 이 이야기의 다음 내용을 한 문단 정도 만들어 봅시다.
2. 강물이 끝까지 소금물이 되기를 거부했다면 그 다음은 어떻게 전개되었을까 만들어 봅시다.
3. 우리 생활과 주변 사람들을 소재로 이와 비슷한 이야기를 꾸며 봅시다.
4. 이 이야기를 읽고 떠오르는 것을 여러 친구들과 함께(또는 모둠별로) 한 단락씩 자유롭게 이어 쓰기를 해 봅시다.

함께 만들어 볼 수 있는 이야기들

- 화가 난 강물들은 정말로 바다로 가지 않고 자기네끼리 합쳐서 흘러간다. 민물이 전혀 유입되지 않은 바다는 결국 갈수록 짠물이 되어 모든 생물이 견디지 못하고 떠나버렸고 결국 죽음의 바다가 되었다.
- 바다가 미안하다고 하며 최선을 다해 노력하겠다고 하는 바람에 강물도 양보하고 사이좋게 지내게 되었다.

우리는 모두 형제들이다

우리가 땅을 팔지 않으면 백인이 총을 들고 와서 우리 땅을 빼앗을 것임을 우리는 알고 있다.

그대들은 어떻게 저 하늘이나 대지의 온기를 사고 팔 수 있는가? 우리로서는 이상한 생각이다. 대기의 신선함과 반짝이는 물을 소유하고 있지도 않는데 어떻게 그것들을 팔 수 있다는 말인가? 우리에게는 이 대지의 모든 부분이 신성한 것들이다. 빛나는 솔잎, 모래 기슭, 어두운 숲속 안개, 맑게 노래하는 온갖 벌레들, 이 모두가 우리의 기억과 경험 속에서는 신성한 것들이다. 나무 속에 흐르는 수액은 우리 홍인(피부색이 붉은 사람, 즉 인디언)의 기억을 실어 나른다. 백인은 죽어서 별들 사이를 거닐 적에 그들이 태어난 곳을 망각해 버리지만, 우리가 죽어서도 이 아름다운 대지를 결코 잊지 못하는 것은 여기가 바로 우리 홍인의 어머니 품속이기 때문이다.

(……)

나는 초원에서 썩어가고 있는 수많은 물소를 본 일이 있는데 모두 달리는 기차에서 백인들이 총으로 쏘고는 그대로 내버려 둔 것들이었다. 연기를 뿜어내는 철마가 우리가 생존을 위해서 죽이는 물소보다 어째서 더 중요한지 모르는 것도 우리가 미개인이기 때문인지도 모른다. 짐승들이 없는 세상에서 인간이란 무엇인가? 모든 짐승이 사라져 버린다면 인간은 영혼의 외로움으로 죽게 될 것이다. 짐승들에게 일어난 일은 인간들에게도 일어나게 마련이다. 만물은 서로 연결되어 있는 것이다.

당신들은 아이들에게 그들이 딛고 선 땅이 우리 조상의 뼈라는 것을 가르쳐야 한다. 그들이 땅을 존경할 수 있도록 그 땅이 우리 종족들의 삶들로 충만해 있다고 말해 주라. 우리가 우리 아이들에게 가르친 것을 당신의 아이들에게도 가르치라. 땅은 우리 어머니라고. 땅 위에 닥친 일은 그 땅의 아들들에게 닥칠 것이니, 그들이 땅에다 침을 뱉으면 그것은 곧 자신에게 침을 뱉는 것과 같다. 땅이 인간에게 속하는 것이 아니라 인간이 땅에 속하는 것임을 우리는 알고 있다. 만물은 마치 한 가족을 맺어 주는 피와 같이 연결되어 있음을 우리는 알고 있다. 인간은 생명의 거미줄을 짜는 것이 아니라 다만 그 거미줄의 한 가닥에 불과하다.

(……)

우리 땅을 사겠다는 당신들의 제의를 고려해 보겠다. 우리가 거기에 동의한다면 당신네가 약속한 보호 구역을 가질 수 있어야 할 것이다. 아마도 거기에서 우리는 우리가 원하는 짧은 여생을 이어갈 것이다. 마지막 홍인이 이 땅에서 사라지고 그의 기억이 다만 초원을 가로질러 흐르는 구름의 그림자가 될 때도 이 기슭과 숲들은 여전히 내 종족의 영혼을 간직하고 있을 것이다.

(……)

그러므로 우리가 땅을 팔더라도 우리가 사랑했듯이 이 땅을 사랑해 달라. 우리가 돌본 것처럼 이 땅을 돌보아 달라. 당신들이 이 땅을 차지하게 될 때 이 땅의 기억을 마음속에 간직해 달라. 온 힘을 다해서, 온 마음을 다해서 당신들의 아이를 위해 이 땅을 지키고 사랑해 달라. 하느님이 우리 모두를 사랑하듯이.

한 가지 우리는 알고 있다. 우리 모두의 하느님은 하나라는 것을. 이 땅은 그에게 소중한 것이다. 백인들조차도 이 공통된 운명에서 벗어날 수는 없다. 결국 우리는 한 형제임을 알게 되리라.

– 아메리카 인디언 수쿠아미쉬족 추장의 연설문

자고새와 사냥꾼

사냥꾼이 숲속에 갔다가 자고새 새끼 한 마리를 잡아 왔다. 사냥꾼은 이 자고새를 정성스럽게 길렀다. 그리고 다른 자고새를 불러 모으는 방법도 가르쳐 주었다. 몇 달 뒤 다 자란 자고새는 사냥꾼이 가르친 대로 다른 자고새를 많이 불러 모았다. 미리 그물을 쳐 놓고 기다리던 사냥꾼은 재빨리 날아온 자고새를 잡았다. 그 뒤부터 사냥꾼은 숲속으로 위험한 사냥을 가지 않아도 되었다. 훈련시킨 자고새 덕분에 많은 자고새를 잡을 수 있었으니까.

그러나 집에서 그물로 자고새를 잡는 일도 점점 어려워졌다. 다른 자고새들이 눈치를 챘기 때문이었다. 어떤 때는 한 마리의 자고새도 날아오지 않았다. 허탕을 치는 일이 점점 많아졌다.

어느 날, 사냥꾼의 집에 귀한 손님이 찾아왔다. 그러나 한 마리의 자고새도 못 잡은 사냥꾼은 손님 대접을 제대로 할 수 없었다.

사냥꾼은 집에서 기르던 자고새를 잡으려고 했다.

"주인님, 이럴 수가 있습니까? 다른 자고새를 불러서 주인님께 큰 이익을 드렸는데 저를 잡다니, 이건 배신행위입니다."

"하하하, 날더러 배신자라고? 이 나쁜 자고새야, 너는 네 목숨 하나를 건지기 위해 네 친구와 친척들을 얼마나 많이 배신했는지 아느냐? 너 같은 건 살려 줄 필요가 없어."

사냥꾼은 자고새를 잡아 손님을 대접했다.

자기 생각 나누기

1. 자고새와 주인의 문제점에 대해 이야기해 봅시다.
2. 자고새는 어떻게 해야 살아날 수 있을지 이야기해 봅시다.
3. 우리가 공부하고 있는 교과서에는 친일 행적이 있는 사람들의 작품이 상당수 있습니다. 직접 찾아봅시다.
4. 자고새들은 변절자 자고새를 어떻게 대우해야 할까요?

길잡이

어려서 잡혀 온 자고새는 주인에 의해 길들여졌기 때문에 자기가 하는 일이 무엇을 의미하는지도 모르고 그저 충성을 다 바쳤을 것입니다. 결국 죽기 직전에 자기가 충성을 다했던 주인에게서 그것이 동족을 팔아넘긴 죄라는 것을 듣게 됩니다. 그러나 자고새는 자신이 동족을 팔아 넘겼다는 사실에 대해 반성하고 참회하기보다는 그렇게 믿었던 주인이 자기를 배신한 사실에 분노하며 죽어 갔습니다.

아무리 충성을 다해도 자고새는 자고새일 뿐 결코 주인이 될 수 없습니다. 더 이용할 수 없을 때는 언제라도 주인에 의해 제거

될 수 있다는 사실을 몰랐던 것이 자고새의 비극이었습니다. 배신자의 뒤끝은 언제나 비참한 것이지요.

여러분에게 같은 시대를 살았던 두 사람에 대한 이야기를 소개할까 합니다.

조선총독부의 기관지 '매일신보'의 기자가 찾아와 학병 출정을 독려하는 글을 부탁하였다.

"그런 거 못 쓰겠네, 아니 안 쓰겠네."

"그럼 말씀만 해 주십시오. 제가 받아쓰겠습니다."

"안 돼, 그것도 안 돼!"

선생의 음성은 다소 거칠어졌다.

"정 그러시면 사인이라도 해 주십시오. 원고는 신문사에서 적당히 쓰겠습니다."

독촉과 함께 기자는 카메라를 들었다. 사진까지 찍어다 내려는 심산이었다. 순간, 노한 선생은 기자 손에 들려 있던 카메라를 빼앗아 던져 버렸다.

그대는 벌써 지원하였는가,

특별지원병을.

내일 지원하려는가,

특별지원병을.

공부야 언제나 못하리

다른 일이야 이따가도 하지마는

전쟁은 당장이로세.

만사는 승리를 얻은 다음 날 일.

승패의 결정은 지금으로부터.

시각이 바쁜지라 학교도 쉬네.

한 사람도 아쉬운지라 그대도 부르시네.

1억이 모조리 전투배치에 서랍시는 오늘

그대는 벌써 뜻이 정하였으리,

나가리이다, 나가 싸우리이다

싸워서 이기리이다

미영(米英)을 격멸하고 돌아오리이다

조국의 흥망이 달린 이 결전 민족의 운명이 결정되는 마루판

단판일세, 다시 해 볼 수 없는 끝판

그대가 나가서 막을 마루판 싸움

– 시(詩) '조선의 학도여' 중에서

성전 3주년. 나는 아무것도 한 것이 없습니다. 나이 50이니 출정이나 종군도 못하고 가세가 빈한하여 후방에 기여도 한 것이 없습니다. 병이 병약하여 병사의 송영도 못 나갔습니다. 자식도 유약하여서 지원도 못 보냈습니다. 성전 3년에 나는 아무것도 한 것이 없습니다. 오직 신전, 불전에 기원함이 있을 뿐입니다.

아무리 하여서라도 이 전쟁은 이겨야 하겠고, 아무리 하여서라도 동아시아의 신질서는 건설되어야 하겠습니다. 이것은 우리나라의 천년 대계인 동시에 내 자손의 천년 대계인 까닭입니다.

일장기 날리는 곳이 내 자손의 일터입니다. 아세아 대륙과 태평양, 인도양에 일장기 날리는 구역이 넓을수록 내 자손이 활동하고 번영할 무대가 넓어지는 것입니다.(이하 생략)

– 수필 '성전 3주년' 중에서

먼저 소개한 이야기는 한평생 꼿꼿한 절개로 일제에 항거하다 돌아가신 '님의 침묵'의 작가 한용운 시인의 전기문에 있는 일화입니다. 나중에 소개한 시와 수필은 누구보다 앞장서서 창씨개명을 하고 적극 친일의 길에 나섰던 이광수의 학병 출정을 권하는 글의 일부입니다.

우리는 자고새의 이야기를 통해 지난날의 우리와 지금 우리들의 모습을 다시 한번 생각해 볼 수 있을 것입니다.

어떤 사람은 험난한 민족의 수난 시대에 온몸으로 저항하며 살아가고 있을 때, 또 다른 무리는 기꺼이 '반역 자고새'가 되어 동족을 신음의 길로 안내하기를 서슴지 않았습니다. 그리고 우리의 역사 위에는 그들 변절자의 입김이 아직도 지워지지 않은 상태입니다.

아직도 국어 교과서엔 친일 행적이 뚜렷했던 사람들의 글이 버젓이 실려 있고, 변절자의 여왕이라고 불렸던 어느 작가는 죽은 뒤에 국가에서 훈장을 받기도 했습니다. 해방 후 12년간(제1공화국) 국무총리 이하 국가 요직에 있었던 96명의 각료 가운데 친일 경력이 있는 사람이 30명이나 된답니다. 국회에도, 사법부에도 친일 인사들이 넘쳤고 그들의 후손은 장관, 국회의원, 은행장, 참모총장, 대법원장 등 대를 물려가며 국가 요직을 차지하고 사죄의 말 한마디 없이 잘 살고 있습니다.

어느 보고서에 따르면 일본은 당시 우리의 노동력을 충분히 이용한 뒤 조선 사람들을 모두 뉴기니로 이주시키고 우리 땅에는 일본 사람들을 이주시켜 정착시킬 계획을 추진하고 있었다고 합니다. 영락없는 자고새 주인의 모습이지요? 수많은 '친일 자고새'와 후손들이 아직도 끄떡없이 살아 있는 이 땅에서 우리는 무엇을 해야 할까요? 이제부터라도 우리는 그들 '변절 자고새'를 찾아

내서 하나하나 올바르게 평가하고 새롭게 자리매김해야 할 것입니다.

그리고 또 하나, 우리 자신이 쏟아지는 외국 문화에 무분별하게 영혼을 팔아 넘기며 또 다른 '변절 자고새'가 되는 것은 아닌지 언제나 경계하는 것도 잊지 말아야 하겠지요.

글쓰기 마당

1. 이 이야기의 다음 내용을 한 문단 정도 만들어 봅시다.
2. 자고새가 동족 자고새를 유인하면서 슬쩍 그들에게 구원을 청했다면 그 다음은 어떻게 전개될까 만들어 봅시다.
3. 견디다 못한 다른 자고새들이 자객을 파견해서 변절 자고새를 해치려 했다면 주인공은 어떻게 했을까요?
4. 토사구팽(兎死狗烹)이란 말이 있습니다. 이 말의 뜻과 유래를 알아봅시다. 또 우리 생활과 주변 사람들을 소재로 이와 비슷한 이야기를 꾸며 봅시다.
5. 이 이야기를 읽고 떠오르는 것을 여러 친구들과 함께(또는 모둠별로) 한 단락씩 자유롭게 이어 쓰기를 해 봅시다.

함께 만들어 볼 수 있는 이야기들

- 자고새는 끝까지 반항하다 죽어 가고 다른 자고새들이 기념비를 세우고 그를 추모한다.
- 다른 자고새를 잡으려고 유인하는 척, 슬쩍 구원을 청해서 그들의 도움으로 탈출한 뒤 주인에게 복수한다.
- 자고새들은 다른 동물들에게 호소해서 범동물 세력을 만든다. 그리고 주인과 그 꼬봉 노릇을 하는 자고새를 같이 제거하고 함께 사는 세상을 이룩한다.

또 다른 이야기 하나

생명과 신념

제2차 세계대전이 치열하게 벌어지고 있던 어느 날, 나치 독일에 점령된 동유럽의 한 유대인 거리에서 생긴 일이다. 하루는 마을 주민들이 광장에 모여들었다. 사람들을 모이게 한 나치 장교가 대열 속에서 학교 교사 한 사람을 끌어냈다. 나치 장교는 그 교사가 유대교를 버리고 자기들의 뜻을 따라 준다면 많은 유대인들이 그 뒤를 따를 것이라고 계산했다. 장교는 정중하게 말했다.

"유대교를 버리시오. 그렇게만 하면 평생 잘 먹고 잘 살 수 있도록 해 주겠소."

그러나 중년의 교사는 단호히 말했다.

"그럴 수 없습니다!"

장교는 화가 났다.

"좋게 이야기할 때 너의 신을 저주해라. 그러면 네 가족과 너의 생명을 보장해 주겠다!"

"그건 절대로 안 됩니다."

"절대로 안 된다고? 너는 지금 네가 무슨 일을 하는지 모르고 있단 말인가? 네가 이대로 끝까지 버티면 결국 너는 이곳에서 처형되고 만다. 그래도 내 말을 듣지 않을 텐가?"

광장에 모여 서서 이 모습을 바라보던 사람들은 마른침을 삼켰다. 차마 눈 뜨고 바라볼 수가 없어서 아예 눈을 감고 있는 사람도 있었다. 장교가 다시 말했다.

"그래 유대교의 신이 너의 생명보다도 중요하단 말인가?"

"아무리 그래도 당신은 내 신념을 바꿀 수 없습니다."

"이봐, 그만 고집을 버려. 네 신을 버리겠다고 한마디만 하면 돼."

"못 합니다!"

장교는 권총을 뽑아 들어 교사를 쏘았다. 여기저기서 비명 소리가 들렸다. 총알은 교사의 어깨에 맞았다. 교사는 괴로운 신음을 토하면서 쓰러졌다. 그리고는 이렇게 부르짖었다.

"아드시엠 후 할로킴, 아드시엠 후 할로킴……."

'신은 어디까지나 신이요. 신만이 신이다'라는 뜻이었다. 나치 장교는 흥분해서 소리쳤다.

"이 돼지 새끼, 더러운 유대인 놈! 어째서 우리가 너의 신보다 강하다는 것을 모르느냐? 너의 생명은 신이 결정하는 것이 아니라 내가 결정하는 것이다. 네가 유대교를 버리겠다고 한마디만 하면 너를 병원으로 보내 상처를 치료해 주고 너의 가족과 행복하게 살게 해 주겠다니까!"

그러나 교사는 이 말에 아랑곳없이 끝까지 버티었다. 기가 막힌다는 듯 물끄러미 교사를 바라보고 서 있던 장교의 얼굴에 순간 공포의 빛이 스쳐 지나갔다. 장교는 몸을 부르르 떨더니 권총을 들어 교사의 아내를 향해 쏘기 시작했다. 한 발, 두 발, 세 발……. 교사의 아내가 처참하게 쓰러졌다. 그때였다. 교사가 소리쳤다.

"그래도 안 됩니다! 절대로 안 됩니다!"

교사는 이렇게 죽어 갔다. 이 이야기는 뒷줄에 서서 아버지의 모습을 지켜보았던 그의 아들이 나중에 전한 것이다. 그런데 더욱 충격적인 사실은 교사의 아들이 들려준 마지막 말이었다.

"아버지는 유대교 신자가 아니었습니다. 아버지는 어떤 신도 믿지 않는 무신론자였습니다. 아버지는 다만 신념 때문에 죽은 것이지요!"

잔꾀 부린 여우

나귀와 여우는 앞으로 어떤 일이 닥쳐도 서로 돕고 살기로 굳게 약속했다. 어느 날 나귀와 여우는 같이 사냥을 나갔다. 숲속을 이리저리 돌아다니며 사냥할 만한 짐승을 찾았지만 웬일인지 짐승들은 하나도 눈에 띄지 않았다.

"우리 더 깊이 들어가 보자."

"그래. 짐승들이 모두 깊은 숲으로 들어간 것 같구나."

나귀와 여우는 점점 더 깊은 산 속으로 들어갔다. 무심코 숲을 헤치며 앞서가던 여우 앞에 갑자기 커다란 사자가 나타났다.

"아이쿠!"

여우는 부들부들 떨며 그 자리에 주저앉았다. 그러다 재빨리 사자 앞으로 다가서서 말했다.

"사자님, 제발 저를 살려 주세요. 그러면 나귀를 당신에게 드리지요."

사자가 고개를 끄덕였다. 여우는 재빨리 나귀 있는 곳으로 돌아왔다. 그러고는 나귀를 꾀어 함정 속에 빠뜨렸다.

"사자님, 나귀는 이제 도망갈 수 없게 되었습니다. 저걸 보세요. 제가 함정 안에 잘 가두어 놓았답니다."

"오냐, 잘 했다."

사자는 나귀가 도망칠 수 없게 된 것을 알자 먼저 여우부터 잡아먹었다. 나귀는 천천히 먹어도 되니까.

자기 생각 나누기

1. 선생님이나 부모님께 혼나는 것이 무서워서 형제나 친구를 곤경에 빠뜨린 일이 있나 생각해 봅시다.
2. 여우와 같은 사람이 많아지면 우리 사회는 어떻게 될지 구체적으로 이야기해 봅시다.
3. 여러분이 나귀처럼 함정에 빠졌다가 구사일생으로 살아났다면 그 다음은 어떻게 행동하겠습니까?
4. 여러분이 사자라면 이와 같은 상황에서 어떻게 행동하겠습니까?

길잡이

인간의 비극은 탐욕과 불신에서 나옵니다. 개인의 갈등과 싸움이나 인류의 비극인 전쟁도 모두 불신과 의심에서 시작됩니다.

학교에서 가끔 특별 행사 때문에 다음 날 수업이 단축될 것이라고 예상하는 때가 있습니다.

"선생님 내일 몇 시간 수업해요?"

"무슨 소리야? 학생이 그런 질문하면 되나?"

"단축 수업 안 해요?"

"아무런 발표가 없었으니 수업 준비 모두 해 와라."

"에이, 다른 학교는 다 단축 수업 한다던데……."

"어 그래? 그럼 그 학교로 보내줄까?"

"됐어요."

학교 측에서는 다음 날 뻔히 정상 수업이 이루어지기 힘들다는 것을 알면서도 학생들에게 정확하게 알려주는 것을 꺼립니다. 아이들이 들뜬다고. 그런데 재미있는 것은 극소수의 순진한 학생을 제외하고 아이들은 대부분 두 시간이나 네 시간 정도 수업만 준비해 온다는 사실입니다. 그리고 누가 잘 짚었나 내기하며 즐거워합니다. 눈치로 알아챈 것이지요. 사람들이 하는 말을 온전히 믿기보다 적당히 눈치 봐 가며 처신하는 게 낫다는 사실을 말입니다.

인터넷에서는 매일 믿음이 무너지는 소리가 들려옵니다. 뉴스와 신문조차 의도적으로 사건을 왜곡해 보도하는 것을 보면 언론마저도 믿을 수 없게 되지요. 불신의 시대를 살아가는 사람들의 고통은 끝이 없습니다.

여우와 같은 사람이 날이 갈수록 증가하기 때문 아닐까요? 혹시 여러분도 교실에서 선생님께 혼날 것이 무서워서 은근히 그 책임을 친구에게 넘긴 적은 없었습니까? 집에서 부모님께 덜 혼나려고 형제를 슬쩍 모함한 일은 없나요? 이리저리 둘러대며 위급한 상황만을 넘기다 보면 어느 날 친구들이 모두 떠나고 외톨이가 되어 있는 자신을 발견하게 될 것입니다. 무너진 믿음을 회복하는 것보다 무너지지 않도록 노력하는 게 몇 배 더 쉬운 일입니다.

인간은 배신당했을 때 가장 분노하고, 자신을 믿어주지 않을 때 가장 고통스러움을 느낍니다. '불신'이 얼마나 무서운 결과를 가져오는지 다음 이야기를 통해 한번 알아봅시다.

히말라야산 기슭에 머리가 둘 달린 새가 살고 있었다. 하나는 '카루다'라고 했고, 다른 하나는 '우바카루다'라고 했다. 이 새는 하나가 잠자고 있을 때 하나는 깨어서 망을 보는 등 모든 일을 교대로 하면서 행복하게 살았다.

한번은 우바카루다가 잠을 자고 있는데 휘익하고 바람이 불더니 '마즈카'라는 나무의 꽃송이가 날아와 카루다의 부리 앞에 떨어졌다. 카루다는 향기롭고 먹음직스러운 그 꽃을 부리로 찍으려다 생각했다.

'내가 이 꽃을 혼자 먹는다면 우바카루다가 나를 욕하겠지. 먹지 말아야지. 아, 가만! 그게 아니지. 지금 우리는 몹시 배가 고프단 말이다. 사실 우바카루다가 잠자기에도 힘이 부칠 지경이잖아. 내가 혼자 이 꽃을 먹더라도 뱃속에 들어가면 같이 힘을 내어 허기를 덜 수 있을 거야."

카루다는 꽃을 먹었다. 얼마 후 우바카루다가 일어나서 보니 이상하게 배가 불러 있었다. 우바카루다는 카루다를 의심하면서 넘겨짚어 봤다.

"얘 카루다, 너만 혼자 맛있는 것 먹어도 되는 거니?"

카루다는 사실대로 말했다.

"흐흐 말은 그럴싸하구나."

"너무 화내지 마라. 혼자 먹기는 미안했지만 결국 우리가 함께 기운을 얻는다고 생각했어."

"웃기는 소리 하지 마. 네 심보를 다 알아봤어. 우리가 우정이 있다는 것은 다 지나간 말이야. 두고 보자. 나도 이제 맛있는 것 생기면 혼자 먹어 버릴 거야. 네 말대로 어차피 우리는 똑같이 배부를 테니까."

"너는 말을 함부로 하는 게 탈이야. 내가 너를 미워해서 그런 게 아니잖아. 정말 미안하다."

우바카루다는 좀처럼 마음을 돌리지 않았다. 하지만 사이가 나빠졌어도 어쩔 수 없이 모든 일을 나누어 가며 함께 살아가는 수밖에 없었다. 어느 날 나무 위에서 쉬고 있는데 바로 옆에 꽃이 만발한 가지가 하늘하늘 움직이는 게 보였다. 독이 있는 꽃나무였다. 우바카루다는 곤하게 자고 있는 카루다를 훔쳐보면서 생각했다.

'카루다가 내 속마음을 알지는 못하겠지. 내가 이 꽃을 먹으면 카루다는 죽어 버릴 것이다.'

교대 시간이 지나도록 카루다를 깨우지도 않고 생각을 하던 우바카루다는 두 눈 딱 감고 꽃잎을 먹어 버렸다. 잠에서 깨어난 카루다는 통증과 함께 뱃속이 거북함을 느꼈다.

"뱃속이 이상한데? 야, 너 무엇을 먹었니?"

대답도 듣기 전에 무서운 고통이 찾아왔다.

"아이고 배야. 머리도 깨지는 것 같아."

고통을 참으며 우바카루다가 비웃듯이 말했다.

"그렇게 야단 떨지 마라. 실은 너와 그렇게 싸우고 나니까 세상이 재미가 없어서……. 살맛이 나지 않아서 죽으려고 했어. 일이 이렇게 됐으니 나를 너무 미워하지 말라고. 어차피 죽으면 미움도 끝이니까 말이야."

"뭐라고? 그게 무슨 소리야. 너 내게 앙심을 품었구나. 그렇게 용서를 빌었건만……. 차라리 잘 됐다. 둘이 싸우면서 살 바엔 이렇게 죽는 편이 낫겠다."

둘은 고통 속에 서서히 죽어 갔다.

이 이야기에서도 알 수 있듯이 모든 인간관계에서 가장 중요한 것은 믿음입니다. 믿음이 무너질 때 사회는 병들게 됩니다. 이 사회가 건강성을 잃지 않도록, 여우와 같이 불신을 조장하는 인간들이 판치는 세상이 되지 않도록 서로 노력해야 하지 않을까요?

글쓰기 마당

1. 이 이야기의 다음 내용을 한 문단 정도 만들어 이어 봅시다.
2. 나귀가 여우의 꾀임에 안 넘어갔다면 다음엔 어떻게 전개되었을까 만들어 봅시다.
3. 나귀와 여우가 동시에 사자를 만났다면 어떻게 했을까요?
4. 우리 생활과 주변 사람들을 소재로 이와 비슷한 이야기를 꾸며 봅시다.
5. 이 이야기를 읽고 떠오르는 것을 여러 친구들과 함께(또는 모둠별로) 한 단락씩 자유롭게 이어 쓰기를 해 봅시다.

함께 만들어 볼 수 있는 이야기들

- 사자가 여우를 잡아먹고 배가 불러 잠든 사이에 다른 친구의 도움으로 살아난 나귀가 그 사실을 폭로한다.
- 기가 막힌 사자가 두 짐승을 나란히 놓고 야단을 친 다음 더러워서 안 잡아먹는다며 둘을 살려 보낸다. 여우는 부끄러워 속세를 떠난다.
- 사자는 어이가 없어 여우를 함정에 밀어 넣고 나귀를 꺼내 준다. 나귀는 충격으로 아무도 믿지 못하고 되는 대로 막살다가 타락해 버린다.
- 여우는 자신을 잡아먹으려는 사자의 주의를 다른 곳으로 흔들리게 한 후 함정에 차 넣고 그들을 비웃으며 떠나 버리고, 사자와 나귀는 서로 붙들고 운다.

또 다른 이야기 하나

사형수 친구에 대한 믿음

어떤 사형수가 있었다. 사형을 집행하기 전에 마지막으로 한 가지 소원을 들어주는 관례에 따라 그에게도 마지막 소원을 물었다. 사형수는 눈물을 흘리며 왕에게 호소하였다.

"소인의 고향집에는 늙으신 어머님이 제가 돌아올 날만을 기다리며 살고 계십니다. 저만을 의지하며 살아오신 어머님께 마지막으로 따뜻한 밥 한 끼라도 지어 드리고 싶습니다. 반드시 돌아올 테니 며칠만 말미를 주시옵소서."

왕은 사형수의 말을 믿을 수가 없었다. 사람의 마음이 언제 바뀔지 모르기 때문이었다. 이 소식을 들은 사형수의 친구가 달려와 무릎을 꿇고 호소하였다.

"왕이시여, 저는 이 친구를 진심으로 믿습니다. 왕께서 그를 믿지 못하시겠다면 제가 그를 대신해서 잡혀 있겠습니다. 만약 약속한 날까지 그가 나타나지 않는다면 제가 대신 사형을 당하겠습니다. 제발 그가 노모를 마지막으로 찾아뵐 수 있도록 허락해 주십시오."

왕은 친구의 간곡한 호소에 감동하여 그를 볼모로 잡고 사형수가 노모를 뵙고 오도록 허락하였다. 사형수가 돌아오기로 약속된 날이 가까이 다가왔지만 그가 나타나지 않자 왕은 초조해지기 시작했다. 분명히 그 사형수는 어머님을 뵙고는 마음이 약해져 친구를 버리고 멀리 도망간 게 틀림없다고 생각했다. 그러나 그의 친구는 조금도 그를 의심하는 기색도 없이 약속된 날에는 반드시 돌아오리라고 믿고 있었다.

드디어 약속된 마지막 날이 되었다. 그러나 사형수는 결국 나타나지 않았다. 왕은 그 친구의 운명이 안타까웠으나 약속된 것이었기 때문에 사형 집행을 명령하였다. 그런데도 그는 조금도 자기 친구를 원망하지 않고 분명 뭔가 피치 못할 사정이 생겼기 때문에 돌아오지 못했을 뿐 자신이 죽은 뒤에라도 반드시 돌아올 것이라고 말했다.

사형대가 꾸며지고 사형 의식이 시작되었다. 막 사형을 집행하려는 순간 멀리서 한 사람이 "안 돼요. 그를 죽여서는 절대 안 돼요"라고 소리를 지르며 달려오고 있었다. 왕은 사형 집행을 잠시 중단시켰다. 가까이 다가온 그는 바로 그 사형수였다. 그의 몰골은 말이 아니었다. 옷이 형편없이 찢긴 것은 물론이요, 몸 여기저기 상처투성이요 피범벅이었다.

왕이 그에게 늦게 나타난 연유를 묻자 사형수는 숨을 헐떡이며 "갑자기 심한 홍수를 만나 강을 건널 수 없게 되어 돌아서 오느라 늦었습니다. 친구가 저 때문에 사형을 당할지도 모른다는 생각에 좀 더 빠른 지름길을 찾아 험한 길을 달리다 보니 이렇게 행색이 초라하게 되었습니다" 하고 말했다.

왕은 돌아오지 않는 사형수 친구 때문에 대신 죽게 된 상황 속에서도 친구를 의심하지 않았던 우정과, 대신 잡혀 있는 친구를 위해 달려온 사형수의 모습에서 큰 감동을 받았다. 그래서 왕은 친구 간의 믿음이 얼마나 아름답고 소중한 것인가에 대한 교훈을 여러 사람에게 남기기 위해서 이 두 사람을 모두 풀어 주기로 결정하였다.

인간의 역사는 끊임없이 새롭게 풍요로운 것을 위해 진보, 발전해 왔습니다. 그 속엔 수많은 사람들의 용기와 노력, 지혜와 힘이 켜켜이 쌓여 있습니다. 불가능하다고 여기는 것들에 과감히 도전하고, 남에게 의지하기보다 당당하게 어려움과 맞서 싸우는 그런 의지들이 없었다면 오늘의 인류는 존재하지 않았을지도 모릅니다.

이솝 이야기 속에 숨어 있는 '체념'과 '순종'을 비판하고 자기 삶의 주인으로서 세계를 새롭게 변화시키는 진취적인 의지를 배워 봅시다.

| 제2장 |

내 삶의 변화는 내 손으로

도망친 까마귀

어느 날, 까마귀를 잡은 사람이 발목에 끈을 매어서 아들에게 주었다.

"자, 선물이다. 잘 키우도록 해라."

그날부터 까마귀는 소년이 주는 먹이를 먹으며 살게 되었다. 그러나 발목이 묶인 채로 먹이를 얻어먹는 일이 몹시 싫었다. 그러던 어느 날, 까마귀는 소년이 한눈을 파는 사이 높이 날아서 숲 속으로 도망쳤다. 그런데 숲으로 돌아온 까마귀는 여기저기 돌아다니다가 잘못하여 발목에 달린 줄이 나뭇가지에 걸리고 말았다. 까마귀는 땀을 뻘뻘 흘리며 나뭇가지에 뒤엉킨 끈을 풀어 보려고 했으나, 긴 끈이 여기저기 뒤엉켜 아무리 애를 써도 풀 수가 없었다. 하는 수 없이 나무에 매달린 채 굶어 죽게 된 까마귀는 슬프게 울면서 말했다.

"도망치면 자유롭게 살 줄 알았는데 이제는 먹이를 얻어먹을 수조차 없게 되었어."

자기 생각 나누기

1. 까마귀가 실패하게 된 원인을 생각해 봅시다.
2. 여러분이 까마귀라면 죽기 직전에 어떤 말을 하겠습니까?
3. 사전 준비가 잘 안 되어서 실패했던 여러 가지 경험을 이야기해 봅시다.
4. 자유를 얻기 위해 많은 희생을 치른 사람들을 찾아 봅시다. 그리고 자신의 경우라면 어떻게 할지 생각해 봅시다.

길잡이

이 이야기 속에는 커다란 함정이 있습니다. 결론부터 말하면 이 이야기는 '노예의 철학'입니다. 노예의 철학이란 노예가 스스로 노예라는 사실을 받아들이고 살기 위한 철학입니다. 즉 체념과 순종 그리고 주인에게서 받는 인정에 만족하며 사는 것입니다.

주인의 처지에서는 이러한 노예가 많을수록 더 부자가 되고 더 편한 생활을 할 수 있겠지요. 많은 이솝 이야기들이 체념과 복종을 강조하고 있습니다만, 이 이야기는 너무나 노골적입니다. 이솝은 노예였다고 합니다. 그는 어쩌면 노예의 고통을 잊고 싶어서 이런 이야기를 만들었을지도 모릅니다. 아직도 이런 이야기가 현대의 어린이들에게 읽히고 있다는 것은 매우 놀라운 일이 아닐 수 없습니다.

일부 어른들은 '자율'이라는 것을 '혼란'과 같은 것으로 보기도 합니다. 매사가 일사불란하게 돌아가는 것에 익숙해 있는 어른들은 저마다 제각각의 소리를 내고 의견과 이견이 활발하게 표현되는 것을 낯설어 합니다. 바로 그러한 다양성이 사회를 발전시키고 사람을 존중하는 풍토를 만들어 내는 것인 줄을 모르고 말입니다. 그러면서 '안정'을 위해 '자유'를 양보해야 한다고 서슴없이 말하기도 합니다.

그렇지만 도대체 누가 사람들의 자유를 빼앗고 대신 행복을 줄 수 있다는 것입니까? 순종하면 행복할 것이라는 이러한 논리는 노예를 부리는 주인에게 필요했던 것이지요.

'빠삐용'이라는 영화가 있습니다. 빠삐용은 무고한 자신이 자유를 잃고 갇혀 있다는 현실을 인정할 수 없었습니다. 계속 탈출을 시도하다 점점 더 중한 벌을 받게 되고 결국은 아무도 살아 돌아온 적이 없는 '죽음의 섬'에 갇히게 되죠. 그러나 거기서도 그는 체념하지 않습니다. 날마다 바닷가 절벽에 나가 파도를 관찰하고 마침내 일곱 번째 파도가 절벽에 부딪혔다가 대양으로 빠져나간다는 사실을 발견하게 됩니다. 그는 그 일곱 번째 파도 위에 몸을 던졌고 마침내 죽음의 섬을 벗어납니다. 그는 외칩니다.

"오 자유, 자유!"

이 영화가 주는 감동의 원천은 자유를 향한 의지! 바로 이것입니다. 얼마나 많은 사람이 자유를 위해 목숨까지 버렸는지 모릅니다. 그들이 싸워 얻은 그 자유는 한 개인의 것이 아니라 바로 우리들의 것이 되었기에 더 소중한 것입니다.

기원전 73년, 로마의 한 검투사의 저항을 들어 본 적 있나요? 바로 '스파르타쿠스의 난'이지요.

누비아 사막의 금광. 풀 한 포기 나무 한 그루 자라지 않는 황량한 모래벌판. 거기에 바위산이 하나 있고, 금광맥이 묻혀 있었습니다. 금광의 노예들은 다섯 홉의 물로 목숨을 이어 가야 했습니다. 뜨거운 태양 아래 맨발로 몸이 타는 듯한 모래와 바위를 디딘 채 망치로 바위를 깨고 무거운 돌을 운반하자면 땀이 비 오듯이 쏟아지죠. 상당수의 노예가 여섯 달 안에 죽어 갑니다. 체력이 아무리 좋은 사람도 두 해를 넘기지 못합니다. 노예들이 죽어도 광산주들은 눈 하나 깜빡하지 않습니다. 노예가 필요하면 로마 군인을 파견해서 야만인(?)들을 무더기로 잡아 오면 되니까요.

스파르타쿠스는 누비아의 금광에서 끈질기게 살아 남았다가 검투사로 뽑혀 온 노예였습니다. 검투사들은 늘 가혹한 형벌에 시달렸으며, 언젠가는 격투장에서 동료들과 싸우다 비참히 죽어

가야 했습니다. 200여 명의 노예가 탈출을 시도해서 78명이 베수비우스 화산으로 도망치는 데 성공했습니다. 그들은 스파르타쿠스를 우두머리로 삼고 봉기의 깃발을 날리며 인근 귀족들의 장원을 습격했습니다. 봉기군은 날로 강해져서 기원전 72년에는 12만 명의 대군을 이루었고, 로마의 통치자들은 이 봉기군 앞에서 어쩔 줄을 몰랐습니다.

기원전 71년에 봉기군과 로마군의 일대 결전이 벌어졌습니다. 스타르타쿠스는 이 전투에서 허벅다리에 중상을 입고도 끝까지 싸우다가 장렬한 죽음을 맞이했습니다. 봉기군 6만 명이 싸움터에서 영웅적으로 죽었고, 포로가 된 6,000명은 십자가에 못질을 당한 채 끔찍하게 죽어 갔습니다.

그러나 노예들은 십자가의 협박에 굴복하지 않았습니다. 스페인과 델로스 그리고 마케도니아의 광산에서 일하던 1만 명의 노예들도 반란을 일으켰습니다. 기원후 3세기경 로마 제국은 북아프리카 제국 서부의 모든 지역에서 일어난 반란으로 마침내 멸망하게 됩니다.

스파르타쿠스의 봉기는 고대 노예들의 가장 빛나는 투쟁이었으며, 지도자 스파르타쿠스는 자신의 자유뿐 아니라 다른 많은 이들의 자유를 위해 싸웠고, 마침내는 자유를 위한 밑거름이 되었습니다.

다시 도망친 까마귀의 이야기로 돌아와 생각해 보면 이 까마귀에게도 문제는 있습니다. 그토록 자유를 원했으면 좀 더 치밀하게 상황을 판단하고 준비를 해야 했습니다. 목표가 있어도 거기에 도달하는 방법에 대한 연구가 부족하면 실패할 확률이 높아집니다. 자유에 대한 열망 못지않게 어떻게 자유를 얻을 것인가에 대한 고민이 충분히 있었다면 '도망치면 자유롭게 살 줄 알았는데 이제 먹이를 얻어먹을 수조차 없게 되었어' 따위의 허망한 말을 남기고 죽어 가지는 않았을 텐데 말이죠.

여러분이 싫어하는 '자율 학습'도 마찬가지입니다. 공부하고 싶은 의지가 없는 상태에서 하는 학습은 더 이상 자율 학습이 아닙니다. 사실 공부가 잘 되는 시간이나 환경은 사람마다 조금씩 다른데, 그것을 무시하고 무슨 수용소에서 하는 것처럼 일사불란하게 학습을 강요하는 것은 정말 바람직하지 못합니다.

하지만 자율 학습을 정말로 자율적으로 운영했을 때, 그 시간을 제대로 활용할 수 있는 사람들이 의외로 적은 것도 사실입니다. 아침 시간이라면 대개 늦잠을 자거나 학교에 오는 발걸음이 훨씬 늦어져서 10분 걸릴 거리를 20분 만에 온다거나, 교실에 와서도 전날 본 TV 프로그램의 연예인 이야기를 하거나 숙제를 베끼는 일 따위로 시간을 보내기 일쑤겠죠. 저녁 시간이라면 오락실도 한 번 더 가고 친구들과 잡담도 더 하면서 보내겠죠. 물론 이러한 시간들이 모두 무의미하다는 말은 아닙니다. 친구들과 나누는 얘기도 중요하고 학교 가는 길의 거리 풍경을 음미하면서 이런저런 생각을 하는 것도 꼭 나쁜 것만은 아니죠. 공부에 대한 능률면에만 초점을 맞춰서 이야기하자면 그렇다는 것입니다.

자율 학습의 자유를 진정으로 누리고자 한다면 자율적으로 주어진 그 시간을 어떻게 보낼지 차분하게 준비해야 합니다. 그렇지 않으면 '억지로라도 하는 자율 학습이 더 효과가 있었을 텐데' 하는 허망한 탄식을 하게 될지도 모릅니다. 진정 자유롭기 위해서는 그 자유를 지켜내고 누릴 수 있어야 하는 것이지요.

여러분은 어떻습니까? 여러분은 자유를 누릴 준비가 되었습니까?

글쓰기 마당

1. 이 이야기의 다음 내용을 한 문단 정도 만들어 이어 봅시다.
2. 까마귀가 무사히 풀려나는 것으로 이야기를 만들어 봅시다.
3. 아들은 까마귀를 기르고 싶어 하지 않는데 까마귀는 오히려 편하게 먹이를 얻어먹는 걸 원하는 것으로 다시 이야기를 꾸며 봅시다.

4. 우리 생활과 주변 사람들을 소재로 이와 비슷한 이야기를 꾸며 봅시다.

5. 이 이야기를 읽고 떠오르는 것을 여러 친구들과 함께(또는 모둠별로) 한 단락씩 자유롭게 이어 쓰기를 해 봅시다.

함께 만들어 볼 수 있는 이야기들

- 죽기 직전에 까마귀는 극적으로 가족을 만나서 끈을 잘라내고 살아난다.
- 끈을 풀게 된 까마귀는 자신을 잡았던 소년의 아버지에게 복수한다.
- 소년이 까마귀를 구출하여 집으로 다시 데려간 뒤 잘 치료해서 놓아준다.
- 소년이 까마귀를 잡아다가 가두자 까마귀는 다시 탈출을 시도한다.

왕자와 트위트위 새

옛날에 한 왕자가 살고 있었다. 어느 날 왕자는 아름다울 뿐만 아니라 아주 귀한 새를 선물로 받았다. 그는 새의 이름을 '트위트위'라고 지어 주고는 황금으로 만든 새장에 넣었다. 그러나 이 불쌍한 새는 황금 새장도 마다하고 자유만을 그리워했다. 그렇지만 왕자는 그 새가 너무나도 좋았으므로 놓아 주려 하지 않았다.

트위트위는 왕자에게, 숲속에 들어가 자기 친척들을 만나 자기가 아직 죽지 않고 살아 있다는 소식이라도 전해 줄 것을 요청하였다. 왕자는 숲속에 들어가 그들에게 말을 전했다. 그 말을 들은 트위트위의 언니가 땅에 떨어져 눈을 감았다. 왕자는 자유를 사랑하는 트위트위가 새장에 갇혀 있다는 슬픈 소식을 듣고 언니가 그만 숨진 줄 알았다. 아픈 가슴으로 돌아온 왕자는 트위트위에게 슬픈 소식을 전했다.

그 말을 들은 트위트위도 갑자기 새장 바닥에 떨어져 눈을 감고 말았다. 왕자는 할 수 없이 그 불쌍한 새를 새장에서 꺼냈다. 죽은 새를 새장에 넣어 둘 필요가 없었던 것이다. 그 순간 트위트위는 날개를 펴고 날아 올라 나무 위에 앉더니, 이렇게 말했다.

"왕자님, 슬픈 소식이라고 생각하고 전해 준 게 실은 교훈이었답니다. 언니는 죽은 척해서 도망치는 방법을 가르쳐 주었던 것입니다."

집고양이의 노래

나는 따뜻한 불가에서 졸고 있는 집고양이
나는 아늑한 식탁 아래 우유를 핥는 집고양이
이 집은 내가 지어낸 화평,
집주인은 나를 선택했다고 믿지만
실은 내가 이 지붕 아래
살찐 안위를 선택했지
주인은 나를 애무한다고 하지만
실은 내가 주인을 몸살처럼 사랑하고
원시적인 유대와 종속을 핥으며 즐기지

창밖의 세월에 무심해도 좋은 채

내 털처럼 윤기 흐르는 사랑
닫힌 창처럼 확고한 질서를 가꾸지
가여운 들고양이, 굶주린 영혼이여
선택된 내 자유를 탐하지 마
밤마다 달을 바라고 울부짖는
네 소리 스며들세라 겹겹 문 닫아도
귀가하는 내 사랑 내 주인께
날카로운 네 이빨과 발톱을 드러내고
달려드는 환상이 때론 나를 떨게 해

그러면 들리지 않던 바람 소리가 집을 흔들고
마침내 지붕이 벗겨져 나가고
그 이빨과 두 눈과 발톱에 부서지는 달빛이
칼날이 되어 내 안온한 잠을
선명히 난도질하는
그 밤 나는 영락없이
한 마리 들고양이가 되는
무서운 꿈을 꾸고 말지.

— 이성애

늑대 대장

숲속에 사는 늑대의 대장이 죽었다. 아주 용감하고 씩씩한 대장이었는데 사람들이 파 놓은 함정에 빠져서 잡혀 죽은 것이다. 늑대들이 다시 새로운 대장을 뽑자고 회의를 열었다.

"우리 어서 새로운 대장을 뽑자."

"그래, 대장이 없으면 안 되니 빨리 뽑아야지."

"사냥도 잘 해야지."

늑대들은 왁자지껄 떠들며 대장의 조건에 대해서 이야기했다.

"자, 모두 조용히 해. 이렇게 떠든다고 해서 대장이 만들어지는 건 아니잖아."

나이 많은 늑대가 말했다.

"대장은 투표로 뽑는 게 제일이야."

늑대들은 그의 말대로 투표를 해서 새로운 대장을 뽑았다. 대장으로 뽑힌 늑대는 힘도 세고 꾀도 많고 사냥도 잘 하는 늑대였다. 대장 늑대는 아주 의젓하게 첫마디를 꺼냈다.

"지금부터 법률을 하나 정하겠다. 앞으로는 사냥한 것을 모두 한곳에 모은다. 그리고 사냥을 많이 했든 조금 했든 간에 골고루 나누어서 아무도 배고픈 일이 없도록 한다. 남은 것도 똑같이 나누어 가진다."

"야! 우리 대장님이 역시 최고다."

대장의 말을 들은 늑대들은 환성을 지르며 새로운 법률에 찬성했다. 그러나 새 대장은 자기가 사냥해 온 짐승들을 내놓지 않고 혼자 먹었다. 이 사실을 우연히 알게 된 당나귀는 늑대들에게 말했다.

"애들아, 너희들의 대장이 만든 법률은 지금까지 있었던 법률 중에서 가장 훌륭한 것은 사실이야. 그러나 자기가 잡은 짐승은 내놓지 않고 너희들이 잡은 짐승만 나누라고 하는 것은 어딘지 이상하지 않니? 너희들은 어떻게 생각하니?"

"그래, 윗사람이 먼저 법을 지켜야지."

한 늑대가 말했다.

"더구나 자기가 만든 법을 자기는 지키지 않다니, 말도 안 돼."

다른 늑대도 나섰다.

"자기 것은 감춰 두고 혼자 먹으면서 남한테만 나누라는 건 틀려먹었어."

또 다른 늑대가 맞장구쳤다. 이렇게 늑대들은 여기저기 모여서 와글와글 떠들기 시작했다. 그러자 입장이 곤란하게 된 새 대장 늑대는 그 법을 아예 없애버리고 말았다.

자기 생각 나누기

1. 대장 늑대가 법률을 없애버렸을 때 늑대들은 어떻게 행동했어야 할까요? 다 같이 이야기해 봅시다.
2. 자기와는 전혀 관계가 없지만 정의롭지 않은 일이 벌어지고 있을 때 여러분은 어떻게 행동할지 이야기해 봅시다. 우리 사회에서 늑대 대장처럼 행동해서 말썽을 일으킨 사람들을 찾아봅시다.
3. 바람직한 학급 임원 선출이란 어떤 것인지, 또 임원 후보의 자격은 무엇이 되어야 할지 이야기해 봅시다.

길잡이

해마다 새 학년이 시작되면 아직 어색함을 털어내지 못한 상태에서 어정쩡하게 치르는 학급 행사가 있지요? 바로 학급 임원 선출입니다.

여러분은 어떤 '학급 임원 선거'를 경험하셨는지요? 분명 우리와 힘을 합쳐 학급을 꾸려 나갈 책임감과 통솔력을 갖춘 사람들을 선출하는 자리라고 하는데, 과연 그들의 능력을 알아낼 수 있는 자료들을 갖고 있습니까? 그리고 어떤 절차를 밟아 선출합니까? 선거관리위원회는 있었습니까? 어떻게 후보 등록을 했습니까? 선거 유세 기간이 있었습니까? 자신의 손으로 엄정하게 투표를 진행해 보았습니까? 혹시 후보자에게 평균점수 몇 점 이상 등의 자격 제한이 있는 것은 아니었습니까? 담임 선생님께서 지명하진 않으셨나요? 공부에 방해된다고 절대로 못 하겠다고 후보 사퇴한 경험은 없나요? 작년에 같은 반이었거나 잘 아는 사이라 별 생각 없이 찍어 준 적은 없습니까? 학년 초면 으레 하는 행사쯤으로 가볍게 여기고 누가 되던 상관없다는 생각으로 적당히 시간을 보내지는 않으셨는지요?

우리는 민주 사회의 구성원으로서 갖추어야 할 소중한 덕목들에 대해 너무나 소홀했습니다. 학급이란 작은 사회의 대표를 선출할 때도 이렇게 무성의한 우리들이, 이 사회를 이끌고 나갈 사람들을 선출할 때는 어떻습니까?

연습 없이 훌륭하게 치러지는 일은 세상에 없습니다. 교실에서 형식적으로 대표를 선출하던 습관으로 자격조차 없는 엉뚱한 사람을 선출해서 그들의 손에 우리의 권리를 기꺼이 넘겨주어서는 안 되겠지요.

다시 이야기로 가 볼까요? 늑대들이 선출한 늑대 대장은 허울은 멀쩡했어도 지도자로서 갖추어야 할 가장 중요한 덕목을 갖추지 못한 부적격자였습니다. 자신이 만든 법률을 누구보다 앞장서서 실천해야 하는데도 혼자서만 지키지 않았습니다. 다행히 정의로운 당나귀 덕분에 늑대들은 힘을 모아 대장의 비리를 해결할 수 있었습니다. 그러나 달라진 것은 아무것도 없었습니다. 그 훌륭한 법률은 폐지되어 버리고 말았으니까요.

생각해 보세요. 우리 손으로 뽑은 늑대 대장들이 얼마나 많은지. 그리고 우리는 무엇을 하고 있는지. 현대 사회는 국민으로부터 권리를 위임받은 사람들이 이끌고 있습니다. 어떤 자세와 생각을 가진 사람이 선출되느냐가 바로 사회 발전의 관건이 됩니다. 따라서 우리 모두 훌륭한 대표를 식별해 낼 수 있는 안목을 지녀야 합니다. 이야기에서 보다시피 소수 정의파에 의해서만 세상이 나아지진 않습니다. 어떻습니까, 여러분! 차세대 늑대 대장들을 키우지 않기 위해 앞으로는 학급 임원 선거에도 진지하게 참여하고 철저하게 판단하는 자세를 갖지 않으시렵니까? 이와 더불어 용감한 당나귀의 고발정신도 함께 배워 봅시다.

글쓰기 마당

1. 이 이야기의 다음 내용을 한 문단 정도 만들어 이어 봅시다.
2. 당나귀가 늑대 대장의 부정을 못 본 척하고 지나쳤다면 그

다음은 어떻게 전개되었을까 만들어 봅시다.

3. 대장이 된 늑대가 처음부터 독재를 시작했다면 늑대들은 어떻게 했을까요?
4. 우리 생활과 주변 사람들을 소재로 이와 비슷한 이야기를 꾸며 봅시다.
5. 이 이야기를 읽고 떠오르는 것을 여러 친구들과 함께(또는 모둠별로) 한 단락씩 자유롭게 이어 쓰기를 해 봅시다.

함께 만들어 볼 수 있는 이야기들

- 당나귀가 비밀을 폭로하려는 순간 늑대 대장이 '당나귀는 적의 첩자'라고 뒤집어씌워서 체포하게 한다.
- 늑대 대장은 당나귀에게 뇌물을 주어 입막음을 했는데 당나귀가 계속 협박하는 바람에 고달파 하다가 결국 대장 자리마저 당나귀에게 뺏긴다.
- 당나귀는 비밀을 폭로해서 늑대들과 손을 잡고 대장을 몰아낸 다음 자신이 대장이 되어 똑같은 행동을 한다.
- 늑대들은 힘을 합쳐 다시 그 법률을 만들라고 강력하게 주장해서 대장으로 하여금 꼼짝없이 그 법률을 따르게 한다.

신 금수회의록

강원도의 치악산 줄기 어느 자락에 동물 마을이 하나 있다. 이 마을에서는 온갖 동물들이 저마다 맡은 일을 하며 평온하게 살고 있다. 봄이 오면 아침 일찍 일어나 밭에 나가 부지런히 일하면서 오순도순 살아가는, 그야말로 그림에나 나올 법한 평화로운 마을이다. 그런데 동물이 점점 늘어나 마을을 이끌 지도자가 필요하게 되었다. 동물들이 모여서 의논을 한 끝에 선거를 통해 마을의 우두머리를 뽑기로 정했다. 숲속의 빼꼼한 빈터에 선거를 위해 동물들이 모였다. 출마한 동물들은 서로 자기를 뽑아 달라고 유세를 하기 시작했다.

"저를 우두머리로 뽑아 주시면 이 숲을 가장 살기 좋은 곳으로 만들어 놓겠습니다. 마을 한가운데로 큰길을 만들고, 토끼는 토끼대로, 참새는 참새대로 서로 싸우지 않고 잘 살 수 있도록 하겠습니다."

기호 1번인 호랑이가 유세를 했다. 이어 연단에 올라온 여우는 침방울을 튀겨가며 열을 올렸다.

"저를 우두머리로 뽑아 주시면 여러분을 위해 목숨을 바쳐 일하겠습니다. 마을 개울을 막아 물 걱정 없이 살 수 있게 하겠습니다. 동물 시장의 물가를 안정시키겠습니다. 그리고 무엇보다 실업 동물을 위해서는 실업 수당을, 늙은 동물을 위해서는 노후 수당을 지급하도록 하겠습니다. 예산이요? 걱정하지 마십시오. 우리 마을의 빈 땅을 이웃 동물 마을에 임대해서 예산을 확보하겠습니다. 찍어만 주십시오. 그 다음은 제가 알아서 책임지겠습니다. 기호 2번입니다."

여우는 손가락 두 개를 쫙 펴서 보여주고는 내려왔다. 그러나 유세장에 모인 마을 동물들은 모두 고개를 갸웃거렸다. 호랑이나 여우가 내세운 공약이 믿기지 않아서였다.

이어 사자와 독수리와 곰이 나와서 열변을 토했다. 모두 그럴듯한 공약을 내세웠지만 일부러 동원된 자기 지지 동물을 빼놓고는 대부분 처음 해보는 선거라서 그런지, 아니면 우두머리가 없을 때가 더 좋아서였는지 별 반응이 없었다.

그날 밤, 호랑이와 여우를 비롯한 몇 명의 후보들은 집집마다 선물을 돌렸다. 육식 동물 집에는 고깃덩어리를, 초식 동물 집에는 한 아름의 풀을 안겼다. 멋모르고 그것들을 받아먹은 동물들은 떨떠름해하면서도 다음 날 투표에서 선물을 준 동물을 찍었다.

개표가 끝나고, 가장 많은 선물을 뿌렸던 호랑이가 당선되었다. 나이 든 동물들은 받아먹은 선물 때문에 투표를 자기 소신과 다르게 했고, 젊은 동물들은 타락 선거에 환멸을 느껴 대부분 기권을 한 결과였다.

그 후 오랫동안 동물 마을은 자기의 권리를 잘못 행사하거나 포기한 대가로 호랑이의 교활하고 포악한 다스림을 받아야 했다. 그들이 받아먹은 선물 때문에 몇 십, 몇 백 배의 고통을 당하고 살아야 했던 것이다.

– 최성수

개구리들의 임금님

커다란 연못에 개구리들이 살고 있었다. 그 연못은 넓고 먹을 것이 많았으므로 개구리들은 날마다 배불리 먹고 아무 걱정 없이 살았다. 심심할 때면 연못에서 헤엄을 치기도 하고, 풀잎에 앉아 큰소리로 노래를 부르기도 하며 자유롭게 지냈다. 어느 날, 나이 많은 개구리 한 마리가 말했다.

"우리에게도 임금님이 있다면 좋을 텐데……."

그 말을 들은 다른 개구리들도 모두 찬성했다. 개구리들은 자기들에게도 임금을 보내 달라고 신에게 기도하기로 했다.

"신이시여 저희들에게는 임금님이 필요합니다!"

"제발 저희들을 다스릴 임금님을 보내 주십시오."

신은 어처구니가 없었다. 넓은 연못에서 배불리 먹으며 자유롭게 사는 개구리들이 임금을 원하는 것이 한심했다.

'바보 같은 녀석들! 자유를 누리고 살게 해 주었는데도 오히려 그 자유를 다스릴 임금이 필요하다니……. 쯧쯧!'

신은 혀를 차면서 개구리들이 사는 연못에다 통나무 하나를 던져 주었다. 첨벙! 무엇인가 연못에 떨어지는 소리가 나자, 개구리들은 임금님이 온 줄 알고 모두 물속에 숨었다.

"임금님이 오셨어!"

"쉿! 앞으로는 조심해서 행동해야 해!"

개구리들은 이렇게 속삭였다. 그리고 그 뒤로는 조용히 헤엄을 쳤고, 노래를 부를 때도 너무 시끄럽지 않도록 조심했다. 며칠이 지났다. 통나무는 소리 없이 연못에 떠 있기만 했다. 그것을 본 개구리들은 이상하게 생각했다. 슬금슬금 통나무에 가까이 다가가 보았다.

"임금님이 조금도 움직이지 않아!"

"임금님이 하나도 무섭지 않네!"

개구리들은 가만히 있는 통나무를 툭 건드려 보기도 하고 흔들어 보기도 하다가 마침내 위에 올라가서 뛰어놀기도 했다.

"임금님이 바보 같아!"

"임금님이 우리에게 꼼짝 못하는구나!"

"아무래도 다른 임금님을 보내 달라고 기도하는 게 좋겠어."

"그래 그렇게 하자."

개구리들은 다시 다른 임금님을 보내 달라고 기도했다. 신은 개구리들의 어리석음을 깨우쳐 주리라고 생각했다. 이번에는 커다란 물뱀 한 마리를 연못에 던져 주었다. 물뱀은 연못에 오자마자 이리저리 돌아다니면서 개구리들을 닥치는 대로 잡아먹었다. 그러자 연못에서 자유롭게 살던 개구리들은 돌 틈에 숨어서 벌벌 떨었다. 개구리들은 배불리 먹고 평화롭게 지냈던 지난날을 그리워했지만 이미 돌이킬 수 없었다.

자기 생각 나누기

1. 자유는 어떤 사람들이 누릴 수 있는 것인지 구체적으로 이야기해 보고 이야기 속의 개구리들을 다시 한번 생각해 봅시다.
2. 이 이야기에는 개구리들이 왜 임금을 필요로 했는지 빠져 있습니다. 함께 이야기해 봅시다.
3. 여러분이 신이었다면 개구리들이 간절히 임금을 원할 때 어떤 식으로 해결했을지 말해 봅시다.
4. 혹시 새 담임 선생님이 조금 무서운 선생님이 되길 은근히 기대한 적이 있나요? 있다면 그렇게 된 원인이 어디 있을까 생각해 봅시다.

길잡이

3월이 오면 세상 만물이 그러하듯 학교도 겨울잠에서 깨어납니다. 이사를 가버린 집처럼 휑하던 교실과 복도는 어느새 맑은 웃음소리와 반가운 인사로 활기를 띠게 되고, 새학년이 시작되지요. 방금 헤어진 친구들을 그리워할 새도 없이 가슴을 졸이며 새 교실로 향합니다. 어떤 애들이 나하고 같은 반일까? 그리고 새 담임 선생님은 또 어떤 분이실까? 팽팽한 긴장감과 설렘으로 하루를 보내지요.

선생님에 대한 기대는 친구들에 대한 기대만큼 아주 큰 부분을 차지합니다. '제발 좋은 분이어야 할 텐데…….' ,'안 무서워야 할 텐데…….','까다롭거나 차별 대우하는 분이 아니었으면.'

그런데 마음 한구석에 또 다른 생각이 자리 잡지는 않는지요. 꽤 많은 학생들이 너그러운 선생님을 원하면서도 한편으로는 무서운 선생님을 바랍니다. 인자하고 너그러운 것은 좋은데 그런 분 밑에서는 공부를 열심히 할 것 같은 자신이 없는 것이지요. 결국 꼼짝없이 공부하게 만드는 무서운 분을 담임 선생님으로 모시고 올해는 성적 좀 올려서 부모님을 기쁘게 해 드려야지 하는 생각을 하게 됩니다.

그런데 이런 생각을 하며 낯선 교실에 앉아 새 담임 선생님을 기다리는 우리들의 모습이 임금을 간절하게 찾았던 이야기 속의 개구리들을 닮은 것 같다는 생각이 들지 않습니까? 개구리들은 뭐가 아쉬워서 임금을 그렇게도 원했을까요? 먹을 것과 자유가 보장된 멋진 연못 나라에서 무엇이 더 필요했을까요?

개구리들은 자유가 싫었던 것이 아니라, 더 많은 자유를 누리고 싶어서 자유에 반드시 따라다니는 '책임'을 귀찮게 여긴 것입니다. 그래서 그들의 책임을 모두 모아 굴종과 바꾼 것이지요. 자기 스스로 '자유'를 만들고 책임지는 것에 대한 두려움, 자신의 삶을 남의 손에 맡겨 버리는 의타심이 바로 무서운 선생님을 기대하게 만드는 것은 아닐는지요.

개구리들은 원하는 임금을 얻었는데도 만족스럽지 못했습니다. 임금으로 나타난 통나무는 그들을 지배하지도 않았고 책임지려고도 하지 않았기 때문입니다. 통나무는 그저 평등하게 개구리들과 공존하고 싶어 했던 것입니다. 우리도 가끔 특이한 선생님을 만납니다. 바로 통나무 선생님이지요.

이 선생님은 무슨 일을 해도 야단치지 않고, 간섭하지도 않습니다. 몇몇 애들이 선생님을 얕잡아 보기 시작하고 버릇없이 굴지만 그저 타이르기만 합니다. 결국 반 수업 태도는 엉망이 되고 심지어 학과목 선생님들께서도 걱정하기 시작합니다. 그분은 우리를 지배하지도 관리하지도 않으십니다. 세월이 많이 지나야 비로소 그분이 인내와 기다림으로 우리에게 자주성과 공동체 의식을 가르치셨다는 것을 깨닫기도 합니다.

너그러운 담임 선생님이나 교과 선생님 시간에 떠들고 멋대로 하는 건 진정한 자유의 의미를 모르는 개구리들과 다름없는 행동입니다. 자유를 누릴 자격이 없는 개구리들은 그들의 우매함을 깨닫기 위해 노력하는 대신 더욱 강력한 지배자를 요구했고, 결국 폭군 앞에서 덜덜 떨어야 했습니다. 드디어 자유의 소중함을 깨달았지만 대가가 너무 컸습니다.

학교와 개인에게만 해당되는 것이 아닙니다. 국가와 국민 사이도 마찬가지겠지요. 학교에서부터 스스로 책임질 줄 아는 사람, 자유의 진정한 가치를 아는 사람으로 자라나서 평화롭게 더불어 사는 세상을 만들어야겠습니다. 세상에 때늦은 후회만큼 어리석은 일도 없을 것입니다. 이야기를 다시 읽으면서 우리들의 삶에 무엇이 이득이 되는지 다시 한번 고민하는 것이 어떻겠습니까? 개굴개굴.

글쓰기 마당

1. 이 이야기의 다음 내용을 한 문단 정도 만들어 봅시다.
2. 개구리들의 부탁을 들은 신이 화가 나서 연못을 형편없는 곳으로 만들어 버린다면 그 다음은 어떻게 전개될까 이야기를 만들어 봅시다.
3. 임금님을 모시자는 늙은 개구리의 주장을 젊은 개구리들이 정면으로 반대하고 나서서 의견 통일이 안 됐다면 개구리들은 어떻게 했을까요?
4. 우리 생활과 주변 사람들을 소재로 이와 비슷한 이야기를 꾸

며 봅시다.

5. 이 이야기를 읽고 떠오르는 것을 여러 친구들과 함께(또는 모둠끼리) 한 단락씩 자유롭게 이어 쓰기를 해 봅시다.

함께 만들어 볼 수 있는 이야기들

- 지도자 개구리들은 통나무를 모셔 놓고 그곳을 성역화시킨 다음 백성들을 자기들이 원하는 대로 마음껏 지배했다.
- 뱀을 피해 살아남은 몇몇 개구리들은 다른 연못을 찾아 떠나며 앞으로는 절대로 임금을 모시지 겠다고 결심한다.
- 임금을 모시자는 나이 많은 개구리의 말에 맞서 지혜로운 젊은 개구리는 다른 개구리들을 설득하려다 실패하고, 내전이 일어나 연못은 조용할 날이 없어진다.
- 살아남은 개구리들이 기도를 해서 힘센 개구리가 임금으로 내려오지만 그 개구리 역시 백성들을 마구 괴롭힌다.

다시 태어나는 앵무새

비행기가 구름 위로 솟았다. 오월의 잎새에 바람이 찾아들 때처럼 구름이 부드럽게 비행기의 창을 스쳐갔다.

"지나간 일을 탓하면 뭐 해."

내내 창밖만을 내다보고 있던 앵무새가 중얼거리다 말고 입을 다물었다. 그 말은 다른 새가 아닌 바로 자기에게 들려줘야 할 말이라고 여겼기 때문이었다.

"높이 날아서 멀리 내다보지 않은 것은 순전히 내 탓이 아닌가. 그저 과일이나 쪼아 먹고 곡식 몇 알에 만족해서 살았던 나날. 그리하여 마침내 하잘것 없는 사탕수수 덫에 걸리고 말았으니……."

앵무새는 결심했다.

"이젠 달라져야 한다. 지난날처럼 헛되게 살지 말아야겠다. 삶은 양이 아니라 질이라는 것을 잊어버리지 말자."

이튿날부터 앵무새는 동물원의 새장 속에서 지내게 되었다. 사육사가 넣어 주는 모이를 먹고 구경꾼들을 구경하면서. 고향에 비해 서늘한 날씨가 불만이었지만 앵무새는 꾹 참았다. 그러나 앵무새가 결정하지 않으면 안 될 고민거리가 이내 나타났다. 그것은 구경꾼들한테 붙어서 살아갈 것이냐, 아니면 구경꾼들을 무시하고 살아갈 것이냐 하는 문제였다.

어느 날 먼저 온 선배가 새로 들어온 앵무새들을 모아 놓고 말했다.

"너희들을 진정으로 환영한다. 그러나 한 가지 마음에 새겨둘 것이 있다. 그것은 이제부터 누구도 이 동물원을 벗어날 수 없다는 사실이다. 일찍이 이곳을 탈출해 아프리카로 돌아간 새는 없다. 사육사의 말을 잘 듣는다면 맞아서 죽는 일은 없을 것이다. 하지만 사육사가 주는 양식은 아주 굶어 죽지 않을 만큼이다. 그런데 어떻게 나는 살이 쪘느냐? 비결은 간단하다. 사람들의 말을 금방 옮길 수 있는 재주다. 나는 이것으로 구경꾼의 귀여움을 받고 과자 부스러기를 받아먹었다."

"틀렸어요. 그렇게 사람들의 소리를 옮기는 것은 흉내일 뿐이에요. 그것은 비굴한 짓이에요. 갇혀서 살수록 당당해져야 해요. 땀 흘려 노력하지 않고 거저 먹으려는 못된 유혹에 넘어가서 잡혀 온 신세가 되었잖아요. 비굴하게 아부해서 살찐 삶을 사느니 적게 먹더라도 진실되고 떳떳하게 사는 삶이 더 소중하단 말이에요."

앵무새는 버럭 소리를 지르며 선배의 말을 막았다. 뜨거운 열기가 새장을 가득 채웠다. 선배는 씨익 웃으며 자리를 뜨고 말았다.

날이 밝고 해가 뜨고 가을이 왔다가 돌아가고 겨울이 또 그렇게 왔다가 물러갔다. 앵무새의 친구들은 하나씩 둘씩 변하기 시작했다. 처음엔 마지못해서 "안녕하세요" 하더니 이제는 서로 다투어 사람 소리를 내며, "바보야, 바보야" 하고 웃기는 말을 옮겨서 얻어먹는가 하면, "좀 줘" 하고 비굴한 소리까지 내기에 이르렀다.

오직 그만이 버텼다. 달이 가고 해가 바뀜에 따라 그의 몸은 점점 여위어 갔다. 그는 결국 사육사의 눈 밖에 나고 친구들로부터 따돌림을 받았다. 그는 늘 혼자였다.

살이 완전히 빠져 앙상한 몸에 달빛이 비쳐 내리던 어느 날이었다. 앵무새의 눈에 달빛보다도 맑은 눈물이 솟았다. 그때였다. 눈물방울이 바위를 스치자 뜻밖에 바위 속에서 말이 흘러나왔다.

"앵무새야, 울지 마라. 언젠가 우리는 다시 부활할 것이다. 나는 시조새다. 이 돌 속에서 네가 온 날부터 계속 너의 하루하루를 지켜보고 있었다. 나도 너처럼 마음을 지키며 살았다. 바르지 않은 곳으로 날개가 날아가면 깃을 뽑아 버렸고, 헛소리를 내면 혀를 끊었다. 마침내 진실에 의하여 내 몸이 타올랐을 때 하느님은 이 돌 속에다 억만 년의 터를 잡아 주셨단다. 앵무새야! 양심을 지키며 본래의 노래를 잊지 않고 산 너의 삶을 후일 내가 증언하겠다. 그리하여 이 세상을 진실의 횃불이 밝히는 날 우리 함께 부활하여 저 푸른 하늘을 훨훨 날자꾸나."

"감사합니다, 시조새님."

앵무새는 빨갛게 달아오르는 가슴 위에 고개를 묻고 조용히 눈을 감았다. 산 너머에서 저녁 종소리가 저렁저렁 울려오고 있었다.

원숭이와 그물

어느 봄날, 심심해서 강가에 놀러 나왔던 원숭이는 나무 위에 올라가 앉아서 어부들이 그물을 던져 고기를 잡는 모습을 눈여겨보았다. 강 가운데 그물을 쫙 펴서 던졌다가 슬슬 끌어당기면 그 속에 물고기들이 한가득 펄떡이고 있었다.

"참 재미있겠는걸. 나도 저런 놀이를 하고 싶군."

점심때가 되자 어부들은 그물을 그곳에 둔 채 점심을 먹으러 갔다.

"이때다!"

원숭이는 나무에서 내려와 어부의 흉내를 내며 강에 그물을 던지려고 했다. 그러나 그물은 생각보다 무거웠다.

"칫, 그렇다고 내가 못 할 줄 알아!"

약이 오른 원숭이는 있는 힘을 다해 그물을 움켜쥐고 던졌다.

아, 그런데 이게 어찌 된 일인가. 원숭이가 그만 그물에 걸려 물에 빠진 것이었다. 물에 빠진 원숭이는 그제야 배운 적이 없는 일을 쉽게 생각하고 흉내 낸 것을 후회했다.

자기 생각 나누기

1. 주인공 원숭이는 어떤 어른이 되었을지 상상해 봅시다.
2. 호기심이나 무모한 도전 때문에 일을 그르치거나 어른들께 걱정을 들었지만 그래도 뿌듯했던 경험이 없었나요?
3. 남들은 엉뚱하다고 했지만 내가 가지고 있었던 재미있는 아이디어가 있다면 소개해 봅시다.

길잡이

이 이야기 속엔 단순히 원숭이의 장난을 부질없다거나 그의 성품이 경박하다는 것으로 매도하기 어려운 그 무엇이 있습니다.

인류 발전의 원동력은 사람들이 갖는 '무한한 호기심'이 아니었습니까? 이건 뭘까? 이건 왜 이럴까? 이건 어떻게 하는 걸까? 등등. 여러분이 잘 알고 있는 에디슨 이야기를 해 볼까요? 어렸을 때부터 에디슨은 일하는 마을 사람들을 붙잡고 계속 질문을 해댔다고 합니다. 어린이들은 모두 다 '왜 그렇지?','어째서 그럴까?' 하고 뭐든지 묻고 싶어 하지만, 에디슨은 그 정도가 다른 아이들의 몇 배나 되었다 합니다. 못 말리는 호기심이죠. 여러분은 여섯 살 난 에디슨이 거위 새끼를 부화시켜 보겠다고 헛간에서 거위알을 품은 채 웅크리고 있는 모습을 상상할 수 있을 것입니다.

엉뚱한 일을 잘 벌였던 에디슨은 장난꾸러기로 소문이 나 있었습니다. 죽을 고비도 여러 번 넘겼지요. 나무토막으로 뗏목을 만들어 타다가 뒤집혀 죽을 뻔하기도 했고, 빈 벌집을 들여다보다가 벌들에게 쏘여 얼굴 곳곳이 밤송이처럼 부풀어 오르기도 했습니다. 몰래 밀 창고에 숨어 들어가 밀 포대를 쌓는 장면을 넋 놓고 보다가 밀 포대에 깔려 죽을 뻔하기도 했습니다. 어째서 불이 타오르는 걸까 궁금해 하다가 헛간에 불을 내서 혼찌검이 나기도 했습니다.

에디슨의 이런 호기심은 무수한 실험으로 이어졌고, 우리 인류의 큰 발전을 가져온 발명의 원천이 되었습니다.

최초로 비행기를 만든 라이트 형제도 말썽꾸러기였습니다.

하루는 유치원 가는 길에 전날 내린 비에 웅덩이가 파인 곳을 보고 "야 굉장한데! 마치 코코아 연못 같구나" 하면서 새옷을 입은 채 들어가 첨벙거리며 놀다가 지각을 하기도 했고, 창고에서 고물 재봉틀을 낱낱이 뜯어 놓고 들여다보느라 학교를 빼먹기도 했습니다. 아이들이 어디로 갔는지 몰라 어른들이 한바탕 소동을 벌인 것은 물론이지요.

이렇게 호기심이 많았던 라이트 형제는 훗날 자전거 회사를 만들어 돈을 번 다음 비행기 연구를 시작했지요. 1900년, 처음으로 글라이더를 만들어 날리는 데 성공했고, 3년 후에는 가솔린 엔진과 프로펠러로 나는 비행기를 만들어 최초로 동력을 이용해 하늘을 나는 데 성공했습니다. 1908년에는 프랑스 비행 대회에 참가하여 1시간 2분 30초 동안 비행하였습니다. 물론 이들의 성공 뒤에는 무수한 실패가 있었고, 여러 번 죽을 고비가 있었습니다.

이외에도 끊임없이 집 안의 물건들을 분해하고 다시 만들어서 '말썽쟁이'라고 혼났던 발명가들은 무수히 많습니다. 여러분 역시 시계나 라디오를 분해한다고 늘어놨다가 혼난 경험이 있을 것입니다. 엄마의 화장품을 발라보거나 어른 구두를 신었다가 야단을 맞은 경험도 있지 않습니까?

이런 엉뚱한 장난들이 없었다면 우리 인류는 오늘과 같은 문명의 혜택을 누릴 수는 없을 것입니다. 사실 이런 정도의 호기심은 평범한 사람이라면 누구나 갖고 있습니다. 여러분 역시 이런 호기심 정도는 갖고 있을 테고, 그것이 어떤 새로운 물건이나 새로운 생각의 출발점이 될 수 있습니다. 어쩌면 자신도 모르는, 영원히 개발되지 않은 채 묻혀 버릴 능력이 있을지도 모릅니다. 그러나 그런 잠재 능력은 단순히 호기심만 가지고는 개발이 안 된다는 것도 잊지 마세요. 앞에서 예를 든 에디슨이나 라이트 형제 등 역사를 빛낸 사람들은 꾸준한 도전과 실패의 과정을 거듭한 끝에 그 호기심을 승화 발전시킬 수 있었습니다.

오늘도 사고를 치고 있는 원숭이에게 응원을 보내며 여러분도 자신감을 갖고 함께 노력을 보탤 수 있는 사람이 되기를!

글쓰기 마당

1. 이 이야기의 다음 내용을 한 문단 정도 만들어 이어 봅시다.
2. 원숭이가 실패하지 않고 그물질을 잘 했다면 어떻게 전개되었을까 이야기해 봅시다.
3. 이야기의 배경이 강이 아닌 숲이라고 가정하고 새로운 이야기를 만들어 봅시다.
4. 우리 생활과 주변 사람들을 소재로 이와 비슷한 이야기를 꾸며 봅시다.
5. 이 이야기를 읽고 떠오르는 것을 여러 친구들과 함께(또는 모둠별로) 한 단락씩 자유롭게 이어 쓰기를 해 봅시다.

함께 만들어 볼 수 있는 이야기들

- 물에 빠진 원숭이가 다시 한번 시도해 보고 성공한다.
- 원숭이는 연달아 실패하고 결국엔 물에 빠져 죽게 된다.
- 사람과 달리 체격이 작은 원숭이는 자신에게 맞는 방법을 개발해 낸다.
- 원숭이는 물에 젖은 채 집에 돌아가서 엄마에게 호되게 꾸중을 당한다.
- 그물을 가지고 씨름하던 원숭이는 사람에게 잡혀서 서커스단에 팔려 슬픈 인생을 마감한다.

싸움닭

옛날 중국에 기성자라는 사람이 있었다. 그는 임금의 명령을 받아 싸움닭을 훈련시켰다. 싸움닭을 열심히 훈련시킨 지 열흘이 되었을 때 임금이 물었다.

"닭이 이제 싸울 만하게 되었느냐?"

"아직 멀었습니다. 지금은 공연히 뽐만 내며 자기 기운을 믿고 있습니다."

다시 열흘이 지나자 다시 또 임금이 물었다.

"이제는 싸울 만하겠느냐?"

"아직 멀었습니다. 다른 닭을 보거나 그 울음소리를 듣기만 해도 당장에 싸우려고 덤빕니다. 그렇게 해서는 이길 수가 없습니다."

다시 열흘이 지났다. 다급해진 임금이 물었다.

"이제는 싸울 만하겠느냐?"

"아직 안 됩니다. 다른 닭을 보면 여전히 노려보며 성을 냅니다."

다시 열흘이 지난 뒤 임금이 물었다.

"이제는 되었겠지?"

"이제는 싸울 만합니다. 다른 닭이 울음소리를 내도 전혀 태도가 변하지 않습니다. 그것은 덕이 온전해진 까닭입니다. 자기 힘만 믿고 공연히 뽐내거나 남에게 함부로 덤비면 상대를 이기기 어렵습니다. 큰 덕을 갖추게 되면 다른 닭이 감히 덤벼들 생각을 못 하고 보기만 해도 도망쳐 버립니다. 이 정도가 되어야 비로소 싸움닭으로 최고가 됩니다."

뱀과 족제비와 쥐

"으악! 뱀이다, 뱀이야!"

창고 안에서 곡식을 찾아 헤매던 쥐들이 갑자기 나타난 뱀을 보고 법석을 떨며 도망을 쳤다.

캄캄한 밤이 되자 쥐들은 다시 바깥으로 나왔다.

"아유, 시원해라! 이제야 안심하고 바깥 구경을 하는구나."

쥐들은 기지개를 켜며 초롱초롱 빛나는 밤하늘 별들을 쳐다보았다. 그때 어디선가 족제비가 나타나 쥐 한 마리를 물어 죽였다.

"이크, 족제비다! 빨리 도망가자!"

쥐들이 허겁지겁 도망치면서 자신들의 처지를 한탄했다.

"뱀한테 먹히고, 족제비한테 먹히고 도대체 편히 살 수가 없단 말이야."

쥐들은 너무나 나약하게 태어난 자신들의 처지를 한탄했다. 그러던 어느 날. 쥐들이 집 안에 웅크리고 앉아서 신세 한탄을 늘어놓고 있는데 어디선가 요란한 소리가 들려왔다.

"이게 무슨 소리지?"

쥐들이 살금살금 소리가 나는 곳으로 가 보니 뱀과 족제비가 치열하게 싸우고 있었다.

"애들아, 뱀과 족제비가 싸운다!"

쥐들은 우르르 몰려가 자기들을 괴롭히던 적들의 싸움을 지켜보았다.

"잘 한다, 잘 해. 싸우다가 둘 다 죽어 버려라."

쥐들이 떠들어대자 치열하게 싸우던 뱀과 족제비는 싸움을 그치고 잽싸게 쥐들에게 덤벼들어 마구 잡아먹었다.

자기 생각 나누기

1. 여러분이 쥐라면 이런 경우 어떻게 행동했을까요?
2. 객관적인 판단 부족으로 어려움을 겪었던 경험에 대해서 이야기해 봅시다.
3. 개화기 때 열강의 침략 속에서 우리나라가 취했던 태도를 알아보고 토론해 봅시다.
4. 세계화 시대에 약한 나라들이 살아남을 수 있는 방법은 어떤 것이 있을까 생각해 보고, 그중에서도 우리가 할 수 있는 일은 무엇일까 말해 봅시다.

길잡이

이 글이 나타내고 있는 것은 강자들은 싸우다가도 먹을 것이 있으면 곧 타협을 한다는 것입니다.

뱀과 족제비가 싸우는 것을 보고 우르르 몰려가서 '잘 한다, 잘해. 싸우다가 둘 다 죽어 버려라'라고 떠들어대는 장면은 아주 생생하고 재미있습니다. 강자에 눌려 지내는 약자들의 모습을 떠올리면 그들의 심정이 얼마나 신이 날까 충분히 이해가 됩니다.

그러나 그렇게 쥐들의 모습을 이해할 수만은 없습니다. 쥐들이 그동안 한 일은 집 안에 웅크리고 앉아서 나약하게 태어난 자신의 신세를 한탄하는 게 고작이었습니다. 그들은 그렇게 한탄만 할 것이 아니라 모여서 의논하고 대책을 마련해야 했습니다.

이 이야기는 100여 년 전 개화기 때 우리 한반도를 둘러싸고 벌어졌던 싸움을 떠올리게 합니다. 그때 서구 자본주의 국가들은 원료 공급지와 상품 판매 시장 혹은 투자 시장을 찾아서 세계 여러 지역으로 뻗어가고 있었습니다. 풍부한 자원과 많은 인구를 가진 아시아 국가들은 일찍부터 그 침략의 대상이 될 수밖에 없었죠. 영국은 싱가포르와 말레이시아를, 그리고 두 번의 전쟁을 통해 버마(미얀마)를 식민지로 만들고, 드디어 인도 전체를 식민지로 만들었습니다. 프랑스도 베트남, 캄보디아 등 인도차이나 반도를 식민지로 만드는 데 골몰했습니다.

열강의 침략은 '잠자는 사자'였던 중국도 가만히 놔두질 않았습니다. 중국은 '아편 전쟁'에서 패배해서 홍콩을 영국에게 넘겨 주고 막대한 배상금을 물어 주는 등 '종이 사자'가 되었습니다. 중국과 만주, 한반도를 둘러싼 열강의 세력 관계는 팽팽한 줄다리기 시합이 되었습니다.

영국과 프랑스, 독일이 각각 중국에서 각종 이권과 영토 침략에 정신이 없을 때 미국도 스페인으로부터 필리핀을 빼앗는 한편 중국 침략에도 적극적으로 가담하였습니다. 뒤늦게 출발한 일본도 청일 전쟁을 승리로 이끈 기세로 중국 침략에 발을 들여놓았습니다.

그러자 만주 침략에 골몰하던 러시아가 가만히 있을 수 없었지요. 러시아는 프랑스와 독일의 힘을 얻어 일본의 세력을 막고 조선에서 그 영향력을 확대해 나갔습니다. 그래서 한반도를 둘러싼 싸움은 러시아와 일본의 대결로 압축되었고 러시아는 프랑스와 독일의 응원을, 일본은 영국과 미국의 협조를 얻는 것으로 맞섰습니다.

결국 러일 전쟁이 일어났고, 미국의 루스벨트 대통령은 일본의 한국 지배를 지지했습니다. 사실 러일 전쟁에서 일본이 사용한 총비용 20여 억 원 중 12억 원은 미국과 영국이 제공한 것입니다. 그런데도 일본의 한국 침략이 노골적으로 이루어지자 순진한 우리 정부는 "제3국이 조선을 침략할 때는 미국이 원조하기로" 한 조미수호통상조약에 기대를 걸고 미국에게 도움을 요청합니다. 그에 대한 미국의 대답은 "일본에 반대하는 한국인을 옹호하여 미국이 간섭할 수는 없다"라며 명백하게 못 박는 것이었습니다.

러시아의 패색이 짙어지면서 전쟁이 막바지에 이르자 미국은 '카츠라 테프트' 비밀 협약을 맺습니다. 미국의 필리핀 지배를 인정하는 대신 일본이 한국을 식민지로 만드는 것을 인정한다는 협약입니다. 영국도 곧 일본이 한국을 지도하고 보호하는 것을 승인하는 동맹을 맺습니다.

이처럼 강대국들은 저희들끼리 싸우다가도 이익에 맞으면 곧장 합의를 보기도 하고, 그러다가는 또 싸우기도 합니다. 그러니 약자는 섣불리 누구를 의지했다가는 이리 터지고 저리 깨지는 신세를 면하기 어렵습니다.

21세기에 접어든 지금, 세계적인 경제 전쟁이 치열하게 벌어지고 있습니다. 미국, 서유럽, 일본을 중심으로 한 자본주의 진영과 소련, 중국을 중심으로 한 사회주의 진영의 대결 구도는 무너진 지 오래입니다. 자기 나라의 물건을 좀 더 많이 팔기 위해 어제의 적에게 원조와 회유 정책을 쓰고 어제의 우방에게 갖은 협박을 다 합니다. 오늘 웃어도 내일 어떤 태도로 나올지 알 수가 없습니다.

100년 전 우리나라의 운명을 가지고 서로 이익을 나누어 가졌던 그 기막힌 현실 속에서 우리가 한 일을 생각하면 안타깝기 그지없습니다. 이제 우리가 어떻게 해야 할지 신중하게 생각해 보아야 합니다. 결국 믿을 것은 우리 자신의 단결된 힘밖에 없기 때문입니다.

글쓰기 마당

1. 이 이야기의 다음 내용을 한 문단 정도 만들어 이어 봅시다.

2. 뱀과 족제비가 싸우고 있는 동안 쥐들이 취할 수 있는 행동을 상상해 보고 이야기를 바꾸어 봅시다.

3. 뱀과 족제비도 잡아먹는 독수리를 등장시켜 이야기를 새로 만들어 봅시다.

4. 우리 생활과 주변 사람들을 소재로 이와 비슷한 이야기를 꾸며 봅시다.

5. 이 이야기를 읽고 떠오르는 느낌을 여러 친구들과 함께(또는 모둠별로) 한 단락씩 자유롭게 이어 쓰기를 해 봅시다.

함께 만들어 볼 수 있는 이야기들

- 쥐들은 다른 약한 짐승들과 연맹을 맺고 고양이에게 무술을 배워 뱀과 족제비를 몰아낸다.
- 쥐들은 땅 위에서 사는 걸 포기하고 땅속 나라를 건설한다.
- 세상살이에 지친 쥐들은 집단 자살을 계속하여 결국 멸종한다.
- 훌륭한 지도자를 선출하여 힘을 기른 뒤에 뱀과 족제비와 팽팽한 공존 관계를 유지한다.

여우에게 빼앗긴 새끼 사슴

새끼 사슴 한 마리가 숲속에서 길을 잃었다. 사자가 새끼 사슴을 발견하고는 기뻐하며 입맛을 다셨다. 사자가 새끼 사슴을 향해서 다가가고 있을 때, 반대쪽에서 곰 한 마리가 나타나 새끼 사슴에게 쏜살같이 달려들었다.

"안 돼!"

사자는 큰소리로 외쳤다. 곰이 무슨 일인가 하여 돌아보자, 사자가 으르렁대며 말했다.

"그 사슴은 내가 먼저 발견한 거야."

"흥! 난 또 무슨 일이라고. 네가 먼저 발견했는지 모르지만, 먼저 잡는 게 임자야."

곰이 지지 않고 말했다. 사자와 곰은 큰 싸움을 벌였다. 조금도 양보하지 않고 물고 뜯고 한 뒤에 둘 다 피투성이가 되고 말았다. 싸우느라고 힘이 다 빠진 사자와 곰은 땅에 엎드려서 헐떡였다. 그

때, 여우 한 마리가 나타나 지쳐서 누워 있는 사자와 곰 그리고 그 곁에서 벌벌 떨고 있는 새끼 사슴을 보았다. 고개를 갸웃거리던 여우는 곧 사정을 알아차리고 웃으며 말했다.

"하하하, 이 사슴은 내가 데려가야겠군. 고마워요, 하하하!"

여우가 새끼 사슴을 데리고 숲속으로 사라졌지만 사자와 곰은 힘이 빠져 일어날 수가 없었다.

노인과 나귀

한 노인이 나귀를 데리고 풀밭에 갔다. 나귀에게 풀을 뜯게 하고 있는데 어디선가 이상한 고함소리가 들렸다. 노인은 깜짝 놀라 외쳤다.

"빨리 도망쳐라. 누군가 우리를 잡으러 오나 보다."

노인이 외쳤는데도 나귀는 달아날 생각도 하지 않았다. 노인이 또다시 달아날 것을 재촉하자 나귀는 이렇게 물었다.

"내가 만약 저들에게 잡힌다면 그들이 내게 주인님보다 더 많은 짐을 지울까요?"

"그렇진 않겠지."

"그렇다면 아무 짐이나 지면 되지, 주인이 누가 되건 무슨 상관이 있겠습니까?"

나귀는 이렇게 말하고 다시 풀을 뜯었다.

자기 생각 나누기

1. 나귀의 태도가 옳은지 그른지 찬반 토론을 해 봅시다.
2. 노인과 나귀가 가족처럼 지내는 것이 가능할까요?
3. 여러분은 커서 사장이 된다면 어떤 노사 관계를 만들어 나가겠습니까?

길잡이

여러분은 나귀의 생각에 동의하나요? 어차피 다른 이를 위해 일방적으로 희생해야 한다면 이익을 취하는 사람이 누가 되건 상관이 없다고 생각할 수 있습니다. 내 운명이 달라지거나 내 이익이 많아지거나 할 게 아니라면 힘들여서 현상 유지를 할 필요도, 일부러 바꿀 필요도 느끼지 않겠지요. 자신의 이익을 위해 남을 부리는 사람은 자기 입장만 생각하게 마련입니다.

그러나 좀 더 적극적으로 생각을 바꿔 볼 수 없을까요? 나귀는 다른 주인에게 가도 마찬가지일 것이고 영원히 누군가에게 매여서 일생을 마칠 것이라고 생각했습니다. 그러나 자신의 운명이 자기 것이라고 생각했다면 그 기회를 이용해서 다른 곳으로 도망간다든지 좀 더 좋은 환경을 찾아 나설 수도 있지 않을까요?

여러분, 전태일이라는 이름을 들어 본 적이 있나요? 1948년 대구에서 태어난 그는 1970년 11월 13일, 서울 평화시장 앞 길거리에서 스물두 살의 젊음을 불살라 산화했습니다.

일찍이 가난 속에서 자라나 구두닦이, 껌팔이, 우산장수, 아이스케키 장수 등 안 해 본 것이 없었던 그가 평화시장의 노동자로 첫발을 들여 놓은 것은 열여섯 살 때였습니다. 서울 청계천의 평화시장에는 수많은 점포와 피복 공장(옷 만드는 공장)이 밀집해 있었습니다. 그 당시 평화시장의 노동 조건은 대체로 다음과 같았습니다.

보통 아침 8시 반에 출근해서 밤 11시까지 하루 평균 14~15시간 일합니다. 일거리가 밀릴 때는 야간작업도 많이 했고, 심한 경우 사흘씩 연거푸 밤낮으로 일하는 경우도 있었습니다. 업주들은 어린 시다(보조)들에게 잠 안 오는 약을 먹이거나 주사를 놓아가며 밤일을 시키기도 했습니다. 휴일은 한 달에 통틀어 이틀, 제1주와 제3주 일요일인 경우가 대부분이었으며 그것도 꼭 지켜지지는 않았습니다.

이렇게 장시간의 중노동을 했던 노동자들의 임금은 얼마였을까요? 시다는 월 1,800원에서 3,000원까지, 미싱사는 7,000원에서 2만 5,000원, 그리고 재단사가 1만 5,000원에서 3만 원을 받았습니다. 열서너 살짜리 시다 여공이 하루 14시간 이상 중노동을 해서 받는 임금이 하루 70원꼴이었던 것입니다. 그나마 제 날짜에 받지도 못하고 닷새나 열흘씩 밀리는 게 보통이고, 몇 달씩 밀리거나 아주 못 받게 되는 일도 많았습니다.

무엇보다 평화시장 일대 노동자들을 비참하게 만든 것은 아주 불량한 작업 환경이었습니다. 몸을 돌리기도 비좁은 공간, 원단에서 나오는 코를 찌를 듯한 포르말린 냄새, 옷감에서 나온 실밥과 먼지가 하얗게 쌓이는 곳. 그런데도 환기 장치마저 되어 있지 않았습니다. 대부분 작업장이 3면이 벽으로 막혀 있고 출입구만 복도와 통하게 되어 있어 환기는커녕 햇빛도 제대로 들어오지 않았습니다. 2,000명이 넘는 인원에 화장실이 달랑 세 개라 하루 종일 줄을 서야 하고, 세 곳밖에 안 되는 수도는 그나마 제한 급수를 하여 세면은 물론 물 먹기조차 힘들 지경이었습니다. 한겨울에도 난방 시설이 없어 동상에 걸리기 일쑤였고 서로의 몸에서 나오는 열기로 추위를 참아야 했습니다. 한여름에는 또 얼마나 덥고 답답했겠습니까? 그러니 건강 상태가 어떠하리라는 것은 묻지 않아도 짐작할 수 있을 것입니다.

이런 비인간적인 대우에 누구나 불만이 있었을 겁니다. 그러나 그 현실을 바꾸어 보려고 노력한 사람은 많지 않았습니다. 전태일은 현실을 바꾸기 위해 노력한 많지 않은 사람 중 하나였습니다. 그러나 아무리 열심히 해도 악덕 업주들의 이기심의 벽을 뚫기 어려워지자 자신의 몸을 불태우며 노동자들을 '인간'으로 대접해 줄 것을 외쳤던 것입니다. "내 죽음을 헛되이 하지 말라!"라고 외치며 죽어 갔던 그의 희생은 곧 세상에 커다란 충격을 주었습니다.

노동 운동을 하던 한 젊은이가 근로기준법 책을 불태우고 그와 함께 스스로를 불태웠다는 보기 드문 사연이 세상에 알려지자 우리 사회에 놀라운 변화가 일어났습니다. 평화시장 어두운 골방 속의 참혹한 노동 현실이 세상에 알려졌고, 그것이 발단이 되어 전체 한국 노동자들이 겪고 있는 인간 이하의 고통에 대한 관심이 일어나기 시작했습니다. 사람들은 이제껏 그 누구도 말하려고 하지 않았던 '노동자'니 '노동 운동'이니 하는 단어들을 입에 올리기 시작했습니다. 침묵 속에 덮여 있었던 노동 문제가 신문, 잡지, 지식인들의 대화, 학생과 노동자들의 목소리 속에 공공연히 나타나게 되었습니다.

우리 모두가 전태일처럼 치열하게 살아야 한다고 말할 수는 없겠지요. 환경이나 가지고 있는 문제도 각자 다르고 해결책도 다 다르니까요. 그러나 어떤 경우라도 체념하지 말고 적극적으로 해결책을 찾아 시도해 보기를 바랍니다. 그랬다면 이 이야기에 나오는 나귀도 새로운 삶을 만들어 갈 수 있지 않았을까요?

글쓰기 마당

1. 이 이야기의 다음 내용을 한 문단 정도 만들어 이어 봅시다.
2. 나귀가 다른 주인을 만나서 더 많은 고생을 하는 경우와 호강하는 경우를 상상하여 이야기를 써 봅시다.
3. 노인과 나귀가 가족같이 사랑하며 지내는 걸 상상하여 이야기를 바꿔 봅시다.
4. 우리 주변 사람들을 소재로 이와 비슷한 이야기를 꾸며 봅시다.
5. 이 이야기를 읽고 떠오르는 것을 여러 친구들과 함께(또는 모둠별로) 한 단락씩 자유롭게 이어 쓰기를 해 봅시다.

함께 만들어 볼 수 있는 이야기들

- 노인이 나귀의 태도에 분개하여 다른 사람에게 팔아 버린다.
- 노인이 반성하고 나귀에게 잘 해 준다.
- 강도로 인해 주인이 바뀌게 된 나귀는 훨씬 힘든 일을 하면서 고생한다.
- 강도로 인해 주인이 바뀌게 된 나귀는 더 호강하며 산다.

또 다른 이야기 하나

불을 훔친 프로메테우스

프로메테우스와 그의 동생 에피메테우스는 인간을 만들고 인간과 다른 동물들에게 종족 보존을 위해 필요한 능력을 주는 일을 맡았다. 에피메테우스는 여러 동물에게 용기와 힘, 민첩함, 지혜의 천품(天稟)을 주었다. 어떤 동물에게는 날개를 주고 다른 동물에게는 발톱, 또 다른 동물에게는 단단한 껍질을 주었다. 그러나 사람의 차례가 왔을 때, 에피메테우스는 지금까지 가지고 있던 것을 다 써 버렸기 때문에 줄 것이 남아 있지 않았다. 당황한 에피메테우스는 하는 수 없이 형 프로메테우스에게 도움을 청했다.

아테네의 도움을 얻어 하늘로 올라간 프로메테우스는 태양의 수레에서 불을 붙여 내려와 인간에게 넘겨주었다. 불을 선물받은 인간은 다른 어떤 동물과도 비길 수 없이 우월한 존재가 되었다. 불로 무기와 농사짓는 기구를 만들 수 있었고 집도 따뜻하게 할 수 있었다. 불이 있기 때문에 화폐도 만들 수 있었고 예술을 발달시킬 수도 있었다.

그러나 프로메테우스는 인간을 위해 불을 훔친 죄로 코카서스산 위의 바위에 묶여 독수리에게 간을 쪼아 먹히는 형벌을 당해야 했다. 간은 쪼아 먹히는 대로 새로 돋아나 그는 계속 고통을 당했다. 이 끝없는 악형도 타협하려고만 한다면 언제라도 끝날 수 있는 것이었다. 왜냐하면 프로메테우스는 제우스가 왕위를 계속 지킬 수 있게 만들 비밀을 알고 있었기 때문이다. 이것만 발표한다면 제우스의 도움을 받을 수 있었지만 프로메테우스는 그런 비열한 짓을 하지 않았다. 그는 지금도 코카서스산에서 끝없이 독수리에게 간을 쪼아 먹히는 고통을 겪고 있다.

독수리와 투구벌레

하늘을 날던 독수리가 들판에 있는 토끼 한 마리를 발견했다.

"너는 내 밥이다."

독수리는 들판으로 날아 내려갔다. 그때, 독수리의 그림자를 본 토끼는 위험을 느끼고 있는 힘을 다해 도망치기 시작했다. 하지만 토끼는 이윽고 지쳐서 더 이상 도망칠 수가 없었다.

"누가 나를 도와주면 좋으련만……."

토끼는 주위를 둘러보았으나 투구벌레 한 마리를 제외하고는 아무것도 보이지 않았다. 토끼는 할 수 없이 투구벌레에게 사정했다.

"독수리가 나를 잡으려고 해요. 부탁이니 내가 잡히지 않도록 도와주세요."

"좋아요. 내가 도와주지요."

투구벌레는 기꺼이 독수리 앞으로 나섰다.

"이봐요, 그냥 돌아가는 게 어때요? 내 말을 듣지 않고 토끼를 괴롭힌다면 나도 당신을 가만두지 않겠어요."

투구벌레는 제법 위엄을 갖추고 말했다. 그러나 독수리는 코웃음을 치며 비웃었다.

"아니, 지금 무슨 말을 하고 있는 거냐? 하찮은 투구벌레 주제에. 뭐? 날 가만두지 않겠다고?"

독수리는 보란 듯이 투구벌레 앞에서 토끼를 잡아먹었다.

"으음, 나를 무시했어. 꼭 복수를 하고 말겠어."

투구벌레는 분해서 이를 갈았다.

어느 날, 독수리가 나무 위에서 알을 낳았다. 독수리가 없는 틈을 타 둥지로 올라간 투구벌레는 독수리의 알을 굴려서 모두 땅으로 떨어뜨렸다. 땅에 떨어진 알들은 산산조각이 났다. 투구벌레는 독수리의 둥지 속에 똥을 누었다. 얼마 후 둥지로 돌아온 독수리는 화가 나서 어쩔 줄을 모르고 소리쳤다.

"어떤 녀석이 감히 내 알을 건드렸단 말이냐?"

독수리는 이를 갈다가 투구벌레의 똥을 발견하고 가슴이 덜컥 내려앉았다. 투구벌레는 작은 벌레여서 독수리로서는 쉽게 발견할 수가 없었다. 독수리는 불안해서 알을 낳을 수가 없었다. 견딜 수가 없게 된 독수리는 제우스 신을 찾아갔다. 사정 이야기를 다들은 제우스는 말했다.

"그것 참 딱하게 되었구나. 그렇다면 내 무릎에다 알을 낳도록 해라. 이보다 안전한 곳은 없을 거다."

독수리는 의기양양해져서 제우스의 무릎에 알을 낳았다. 그러나 그것을 안 투구벌레는 자기의 똥을 입에 물고 하늘로 올라가서 제우스의 무릎에다 똥을 떨어뜨렸다.

"이크, 웬 똥이냐!"

갑자기 더러운 똥이 무릎에 떨어지자 제우스는 그것을 털어 버리려고 벌떡 일어났다. 그 바람에 독수리의 알들은 밑으로 떨어져서 산산조각이 나 버리고 말았다. 하찮은 동물이라고 투구벌레를 얕보았던 독수리는 큰 변을 당하게 된 것이다. 이때부터 독수리는 투구벌레가 나타나는 계절에는 알을 낳지 않게 되었다.

자기 생각 나누기

1. 만약 여러분이 제우스라면, 독수리가 하소연하러 왔을 때 어떻게 했을지 이야기해 봅시다.
2. 투구벌레는 용감히 나섰지만 토끼는 결국 죽고 말았습니다. 투구벌레가 자신의 말에 독수리가 절대로 귀 기울이지 않을 것이라는 사실을 알고 있었다면 어떻게 토끼를 구해 낼 수 있었을까 이야기해 봅시다.
3. 불량배에게 당하는 친구를 목격했다면 여러분은 어떻게 행동하겠습니까?

길잡이

지나온 시간들을 돌이켜보면 기쁘고 즐거웠던 일보다는 서럽고 분했던 기억들이 유독 가슴속에 앙금으로 남아 우리를 서글프게 합니다. 아무 이유도 없이 툭툭 건드리는 힘센 녀석 앞에서 변변하게 대꾸 한 번 못 했던 일, 힘없는 아이를 집요하게 괴롭히는 녀석을 보고 속으로 끓어오르는 분노를 느끼면서도 선뜻 도와주지 못한 비굴함, 불량 클럽에 속해 있는 아이가 온 교실을 잡아 흔들어도 보복이 두려워 아무 말 못 하고 살았던 날들, 다른 반 '쌈짱'에게 협박당했을 때 결국 우리 반 '쌈짱'에게 도움을 청해야만 했던 슬픔 등등.

답답한 마음으로 세상을 둘러봐도 다른 사람들 역시 힘 앞에서 무력합니다. 강대국들 틈바구니에서 이리저리 휘둘리며 결국 모든 것을 내 놓아야 하는 약소국의 비애가 그렇고, 대기업의 횡포에 넘어가지 않으려고 발버둥치는 중소기업들이 그렇습니다.

이런 가운데 투구벌레 이야기는 우리들의 가슴속에 잔잔하면서도 꽤 힘 있는 울림으로 다가옵니다. 거대한 힘을 가진 독수리 앞에 맨몸으로 우뚝 서서 약자를 괴롭히면 응징하겠노라는 당당한 선언, 토끼의 구조 요청에 단 한 번의 망설임도 없이 흔쾌히 나서는 기백, 자신의 요구가 관철되지 않았을 때 집요하게 물고 늘어져 끝끝내 응징을 하고야 마는 투혼은 가슴을 울리는 '감동' 그것입니다.

그런데 이야기 속에서 투구벌레는 혼자의 힘으로 정의의 화신처럼 제우스의 비호를 받은 독수리를 응징했습니다. 과연 우리가 살고 있는 이 세상에서도 이런 일이 가능할까요? 물론 우리는 독수리 알을 찾아 끝까지 기어 올라가는 투지도 본받아야 하고, 자신의 모든 것을 유효적절한 무기로 사용하는 지혜도 배워야 합니다.

최대한 빨리 힘 있는 사람들과 함께 어울리게 되면 서러움 겪지 않고 살아갈 수 있겠지요. 때로는 약자들 앞에서 "자기들이 못나서 그런 걸 왜 우리 탓으로 돌리냐. 우리는 앉아서 거저 얻은 줄 아느냐. 다 피눈물 나게 노력한 대가를 누릴 뿐이다"라고 제법 강자의 논리를 펴기도 하겠지요.

그러나 우리가 노력해서 강자가 되면, 결국 우리의 위치만 바뀔 뿐 세상은 아무것도 변하지 않고 여전히 억울하고 서러운 사람투성이일 것입니다. 이쯤에서 이 이야기를 다시 읽어 보면 이것은 정의롭고 당당한 투구벌레 이야기가 아니라 독수리를 위한 이야기라는 느낌이 들지 않습니까? 지렁이도 밟으면 '꿈틀'한다고, 약한 사람이 모욕을 받으면 앙갚음을 하니까 보복당하지 않으려면 약자들을 함부로 대하지 말라는 '강자를 위한 경계의 말'로 들리지 않습니까?

이솝은 스스로 약자였으면서 대체로 강자들의 입장을 정당화시켜 주는 힘의 논리에 충실한 이야기를 만들어 냈던 사람입니다.

이솝은 일러주지 않았지만 분명히 다른 해결 방법이 있을 것입니다. 냉철하게 판단해 본다면 투구벌레와 같이 혼자서 당당하게 강자를 물리치는 이야기는 현실적으로는 거의 불가능합니다. 이 이야기를 다시 만들어 보고 싶지 않습니까? 강자에 대한 경계가 아니라 꿋꿋하고 아름다운 약자들을 위한 승리의 합창으로 말입니다.

아픔을 서로 어루만지고 치유해 주려는 모습, 보잘것없는 힘도 모이면 세상을 움직일 수 있다는 의지, 약한 자들이 뭉쳐서 진정한 승리를 얻어 내는 이야기를 만들다 보면 어느덧 우리들 가슴 속에도 투구벌레의 투지가 꿈틀거리지 않을까요?

글쓰기 마당

1. 이 이야기의 다음 내용을 한 문단 정도 만들어 이어 봅시다.
2. 제우스가 독수리의 부탁을 거절했다면 그 다음은 어떻게 전개되었을까 만들어 봅시다.
3. 독수리와 토끼가 치열하게 싸우고 있었다면 주인공은 어떻게 했을까요?
4. 우리 주변과 주변 사람들을 소재로 비슷한 이야기를 꾸며 봅시다.
5. 이 이야기를 읽고 떠오르는 것을 여러 친구들과 함께(또는 모둠별로) 한 단락씩 이어 쓰기를 해 봅시다.

함께 만들어 볼 수 있는 이야기들

- 독수리가 투구벌레의 말을 듣고 토끼를 살려 주었다. 그 후 인간에게 잡힌 독수리를 토끼와 투구벌레가 힘을 모아 구해 준다.
- 독수리가 투구벌레도 잡아먹자 들판의 모든 짐승이 한꺼번에 달려들어 독수리를 추방한다.
- 독수리가 투구벌레도 잡아먹는 걸 보고 들판의 모든 짐승들이 도망을 치는 바람에 독수리는 늘 먹이를 찾아 헤맨다.
- 토끼는 투구벌레를 무시하고 죽을힘을 다해 도망을 치면서 사자에게 구원을 청했다가 사자에게 잡아먹힌다.
- 투구벌레는 토끼를 숨겨 준 뒤 들판의 짐승들과 힘을 합쳐 독수리를 물리친다.
- 투구벌레가 들판을 뛰어다니며 외쳤건만 아무도 나오지 않아서 둘 다 잡아먹히고, 나머지 짐승들도 하나하나 독수리에게 당한다.

이심이 이야기

원래 이심이는 아주 작고 보잘것없는 물고기였습니다. 게다가 성품까지 착하니 주변의 큰 물고기들이 깔보고 이심이 족속들을 잡아먹기 시작했습니다. 고조할아버지, 고조할머니, 증조할아버지, 증조할머니, 할아버지, 할머니, 아버지, 어머니까지 줄줄이 잡아먹히고 나중엔 그만 멸종 위기까지 이르렀습니다.

이심이 족속들은 이른바 '무조건 인내'를 하며 평생을 살아왔습니다. 하지만 살아남은 놈들은 크게 깨닫지 않을 수 없었습니다. 즉 '무조건 인내'하다간 멸종되고 만다는 것 그리고 자신들의 목숨은 스스로 지켜야 한다는 것, 그러기 위해선 힘을 길러야 한다는 것 등등. 이제 이심이는 개인적으론 삶과 죽음이 걸리고, 역사적으론 '약한 자'의 생존의 권리가 걸린 생의 전환점에 서게 되었습니다. 그리하여 이심이를 잡아먹겠다고 덤비는 놈과 한판 싸움이 벌어졌습니다. 종족보존의 역사적 의무를 지고 목숨을 걸고 싸우는 놈과 남을 깔보고 짓누르려고 싸우는 놈이 붙었으니 누가 이기겠습니까?

한판 싸움에 이길 때마다 이심이의 몸에는 철갑 비늘이 하나씩 돋아났습니다. 그것이 어찌나 단단한지 아무리 센 놈과 싸워도 잡아 뜯기거나 부서지는 경우가 없었습니다. 이심이는 계속해서 새로운 놈들과 싸웠는데, 상대가 크고 힘겨울수록 이기고 나면 아주 큰 철갑 비늘이 돋고, 작은 상대와 싸워 이기면 작은 비늘이 돋았습니다. 이렇게 싸우기를 몇 년, 마침내 이심이는 물속에서 그 누구도 당할 자가 없는 천하무적이 되었습니다. 온몸에 철갑 비늘이 덮이고 대가리는 옥돌처럼 되었습니다. 눈은 만리를 꿰뚫어 보고 입가엔 승자의 미소가 맺혔으며 수염은 활동적으로 고르게 쭉 뻗어 그 누구도 범할 수 없는 모습이 되었습니다.

하늘을 나는 거북

거북이가 바위에 앉아서 햇볕을 쬐다가 하늘을 나는 독수리를 보았다.

"정말 멋지구나! 나도 저렇게 날아 보았으면……."

거북은 독수리를 부러워하며 이렇게 중얼거렸다. 그날부터 거북은 하늘을 나는 일을 몇 번이고 상상하였다. 그러고는 '단 한 번이라도 좋으니 하늘을 날아 보았으면 좋겠다!'라고 소원을 품게 되었다. 그러던 어느 날 거북은 우연히 독수리를 만나게 되었다. 거북이가 앉아 있는 바위 곁에 독수리가 날아와서 앉았던 것이다.

'옳지, 이 기회를 놓치지 말아야지.'

이렇게 생각한 거북은 독수리에게 애원했다.

"독수리님, 저는 하늘을 날아 보는 것이 소원이랍니다. 제발 저에게 하늘을 나는 법을 가르쳐 주세요."

꿈

거북의 말을 들은 독수리는 딱하다는 듯이 거북을 타일렀다.

"당신은 태어날 때부터 날개가 없으므로 하늘을 날 수가 없어요. 그러니 그런 소원은 버리는 게 좋아요."

하지만 거북은 단념하지 않고 더욱 간절하게 독수리에게 부탁했다.

"단 한 번만이라도 좋아요. 제발 저에게 하늘을 날 수 있는 기회를 주세요."

독수리는 거북의 부탁을 냉정하게 거절할 수가 없었다.

"그럼 내가 당신을 공중으로 데리고 올라가서 놓아 드릴 테니 날아보세요."

독수리는 발톱으로 거북의 몸을 잡고 하늘로 올라갔다.

"자, 이쯤에서 당신을 놓아 드리지요."

독수리는 공중에서 거북을 놓았다. 그러자 거북은 하늘 높이 몇 번인가 돌면서 내려오다가 큰 바위 위에 떨어지고 말았다.

자기 생각 나누기

1. 이 이야기는 초점을 어디에 맞추고 전개했는지 생각해 보고 조리 있게 발표해 봅시다.
2. 독수리가 진정 거북이를 아꼈다면 어떤 행동을 할 수 있었을까 생각해 봅시다.
3. 내가 만일 현명한 거북이였다면 어떤 방법으로 소원을 이루었을까 생각해 봅시다.
4. 자신의 장래 희망이 어떻게 바뀌어 왔는지 그 변천 과정에 대해 이야기해 봅시다.

길잡이

간절한 소망을 이루기 위해 남의 힘까지 빌려 하늘로 올랐다 땅에 떨어진 거북이의 이야기를 읽으며 그의 무모함을 탓하는 마음보다 꿈을 이루지 못하고 추락한 데 대한 애도와 연민의 마음이 앞서는 것은 무슨 까닭일까요? 그것은 우리 모두의 가슴속에도 거북이의 꿈처럼 소중한 이상이 간직되어 있기 때문입니다.

사람들은 말할 것입니다. '거북이는 불가능의 세계에 대한 환상을 품었고 도저히 실현될 수 없는 일에 무모하게 도전한 어리석은 존재다. 세상 사람들아! 독수리처럼 현명한 사람이 말릴 때 빨리 현실을 돌아보고 불행한 결과를 초래하지 않도록 해라. 무모한 소망은 아예 품지도 않는 것이 세상을 지혜롭게 사는 방법이다'라고 말입니다. 실리를 최고로 치는 요즘 세상에 무리한 일에 도전했다 고전하는 사람들을 보면 딱하고 한심해 보이기까지 하는 것도 사실입니다.

그렇습니다. 이룰 수 없는 꿈은 우리를 슬프게 합니다. 그러나 하늘을 날아 보겠다는 거북이의 소망은 과연 현실감이 전혀 없는 무모한 것이었을까요? 조금만 침착하게 생각해 보면 거북이의 소원이 이루어질 수 있는 여러 가지 길이 떠오를 것입니다.

실제로 수많은 사람이 긴 세월에 걸쳐 꾸준히 노력한 덕분에 우리는 하늘을 날게 되었고 마침내 우주를 개척하게 되었습니다. 인간이 이룩해 놓은 업적 중에 처음부터 가능하다고 해서 시작한 일이 몇 가지나 있을까요? 프랑스 작가 쥘 베른이 인간이 잠수함을 타고 바닷속으로 다니고 달을 탐험한다는 소설을 썼을 때, 그것은 그 시대에는 도저히 이루어질 수 없는 불가능의 세계이고 공상의 세계였을 뿐입니다.

하지만 그 모든 꿈들은 결국 이루어졌습니다. 그런 꿈들은 몇몇 개인에 의해 이루어지지 않았습니다. 오늘날 예술의 한 장르를 차지하고 있는 '사진'이 세상에 처음 나타난 것은 1820년대였습니다. 그러나 사진의 출현이 가능하도록 빛을 잡아 고정시키는 연구는 고대 그리스 시대부터 시도되었습니다.

무모한 도전은 단숨에 어떤 성과를 이루진 못하지만 누군가가 그것을 계승하고 충분히 무르익으면 드디어 실현됩니다. 과학, 예술, 경제, 역사 등 오늘날 이룩한 모든 발전은 우리의 거북이처럼 불가능한 세계에 도달하고자 노력하다 추락해 간 선조들 덕분이 아닐까요?

현실을 떠나서 살 수는 없습니다. 그러나 모든 사람이 꿈조차 품지 않는다면 우리 사회는 그날그날 살아가기에 여념이 없는 구차하고 단조로운 삶만이 남게 될 것입니다. 현실에 안주하기보다는 우리들의 소망이 이루어질 확률이 높은 길을 찾아내려고 노력합시다. 우리를 대신해서 추락한 거북이를 기억하면서.

글쓰기 마당

1. 이 이야기의 다음 내용을 한 문단 정도 만들어 봅시다.
2. 독수리가 끝까지 거북이의 간청을 들어 주지 않았다면 그 다음은 어떻게 전개될지 이야기를 만들어 봅시다.

3. 거북이가 독수리보다 훨씬 힘이 센 동물이었다면 이야기가 어떻게 진행되었을까요?

4. 우리 생활과 주변 사람들을 소재로 이와 비슷한 이야기를 꾸며 봅시다.

5. 이 이야기를 읽고 떠오르는 것을 여러 친구들과 함께(또는 모둠별로) 한 단락씩 자유롭게 이어 쓰기를 해 봅시다.

함께 만들어 볼 수 있는 이야기들

- 매일 조금씩 높은 곳에 올라가 날기 연습을 하며 떨어지길 거듭하던 거북이는 어느 날 겨드랑이에 날개가 나오기 시작하는 것을 알게 된다.
- 다른 머리 좋은 거북이들과 힘을 합쳐 연구에 연구를 거듭한 결과 여유 있게 하늘을 날 수 있는 기계를 발명한다.
- 독수리와 협상을 해서 필요한 경우 언제든지 독수리의 힘을 빌어 날 수 있게 된다.
- 다른 거북이들과 힘을 합쳐 독수리를 유인하여 사로잡은 뒤에 부탁을 거절한 독수리를 지배한다.

또 다른 이야기 하나

우공이산

옛날 중국의 북산이라는 곳에 우공(寓公)이라는 노인이 살고 있었다. 그의 나이는 이미 아흔 살에 가까웠다. 그가 살고 있는 북산에는 매우 높은 산이 두 개나 있어서 교통이 불편했다. 그래서 노인은 산을 평평하게 만들어 길을 내고자 했다. 우공의 아내는 그 흙을 어디에 버릴 거냐며 반대했지만 다른 가족들은 바닷가에 갖다 버리면 된다며 우공의 뜻에 찬성했다.

우공은 세 아들과 손자들을 동원하여 돌을 깨고 흙을 판 다음 삼태기나 광주리에 담아 해변까지 운반했다. 그때 이웃에 사는 과부의 아들도 이를 보고 대단히 기뻐하면서 이 일에 가담했다. 이 아이의 나이는 겨우 일곱 살 정도여서 바닷가까지 일 년에 한 번 왕복할 수 있을 뿐이었다. 어느 사람이 이들을 보고 비웃으며 충고했다.

"당신의 어리석음은 대단합니다. 살 날이 얼마 남지 않은 당신의 힘으로는 산의 한 모퉁이도 파내기가 어려울 텐데 어쩌자고 그 일을 하는 것입니까?"

우공은 탄식하며 이렇게 대답했다.

"자네와 같이 천박한 사람은 도저히 알 수가 없을 것이네. 자네의 지혜는 저 과부의 아들놈에게도 미치지 못하네. 비록 내가 살 날이 얼마 남지 않았다 하더라도 내가 죽으면 아들이 남고 아들은 손자를 낳고 그 아들이 또 아들을 낳고 하여 자자손손 끊이지 않을 것이니 언젠가는 이 산이 평평해질 날이 올 것이 아닌가."

그는 노인의 말을 듣고 깜짝 놀랐다. 그러나 더욱 놀란 것은 산을 지키는 산신령이었다. 자자손손 산을 파내면 도저히 견딜 수가 없겠기에 이 사정을 하느님에게 호소했다. 하느님은 우공의 우직함과 정성에 감동하여 마침내 산을 다른 곳으로 옮겨 주었다.

사람은 누구나 자기만의 고유한 개성과 매력이 있습니다. 인간이 가장 아름다울 때는 자기가 가진 개성을 바탕으로 자기 일을 찾아 열심히 노력할 때라고 합니다.

남을 부러워하고 남이 하는 대로 따라 하기만 하는 사람은 행복을 얻을 수 없습니다. 제각기 제 빛깔로 자신의 자질과 능력들을 찾아 부지런히 가꿔 나가 봅시다.

| 제3장 |

제각기 제 빛깔로

나귀와 귀뚜라미

가을이다. 사방에서 귀뚜라미 소리가 아름답게 들려왔다. 마구간에 있는 나귀도 귀뚜라미 소리를 들었다.

"아, 저 소리! 얼마나 아름답고 듣기 좋은가!"

나귀는 귀뚜라미 소리가 너무나 좋아 잠자는 일조차 잊을 지경이었다.

"나도 귀뚜라미처럼 아름다운 목소리를 가졌으면 얼마나 좋을까?"

나귀는 아름다운 귀뚜라미의 목청을 닮는 것이 소원이었다. 어느 날이었다. 참다 못한 나귀는 귀뚜라미를 찾아갔다.

"귀뚜라미야, 넌 도대체 무얼 먹길래 그렇게 아름다운 소리를 낼 수 있니? 제발 내게도 가르쳐 줘. 난 네 목소리가 세상에서 제일 좋단다."

나귀의 말을 들은 귀뚜라미가 말했다.

“나귀님, 저희들은 풀잎의 이슬을 먹는답니다. 그리고 다른 건 아무것도 먹지 않지요.”

“오 그래? 고맙다, 귀뚜라미야.”

다음날부터 나귀는 귀뚜라미처럼 풀잎 이슬을 받아 먹었다. 그리고 어서 빨리 귀뚜라미처럼 아름다운 목소리를 갖게 되기를 바랐다. 며칠이 지나도 고운 소리는 나오지 않고 몸만 약해져 갔다. 그러나 나귀는 배고픔도 꾹 참고 여전히 풀잎의 이슬만을 받아 먹었다. 나귀의 몸은 볼품없이 여위어 가다가 마침내는 굶어 죽고 말았다.

자기 생각 나누기

1. 나귀는 무엇을 잘못 판단해서 이렇게 슬픈 결과를 가져오게 되었을까 생각해 봅시다.
2. 만약 여러분이 불쌍하게 죽어 가는 나귀를 만났다면 어떤 말로 나귀를 다시 살릴 수 있을지 생각해 봅시다.
3. 여러분도 나귀처럼 간절하게 소망하는 게 있는지, 또 그것을 위해 어떤 일을 하고 있는지 말해 봅시다.

4. 혹시 여러분도 나귀처럼 연예인이나 운동선수, 유명인 등을 너무나 사랑한 나머지 정신적으로 여위어 가고 있지 않나 생각해 봅시다.

길잡이

너무나 슬픈 이야긴가요? 그럼 이런 이야기는 어떻습니까?

호임이는 오늘도 안 떠지는 눈을 비비며 새벽길을 나섰다. 방학에 접어들며 곧바로 시작한 신문 배달. 고등학생이 되기까지 아무런 일 없이 남들 하는 만큼만 하고 살아왔다. 놀기 좋아하고 의지가 약해서 독한 마음 먹고 공부 한번 시원하게 해 본 적 없고, 언니와 남동생 사이에서 다른 애들처럼 때로는 정답게 가끔은 티격태격 싸우기도 했다. 방학이면 으레 늘어지게 자고 느긋하게 이런저런 일로 시간을 보내며 친구들과 만나 수다도 떨고, 잔소리 듣기 싫으면 독서실로 피하고.

그런 호임이가 이 겨울 새벽길을 뛰며 신문을 넣고 있다. 호임이가 친구들과 다른 점이 하나 있다면 사람들이 말하는 이른바 '여성적'이라는 것을 거부한다는 점이다. 외모도 씩씩하고 성격도 호탕하고 어려서부터 태권도를 배우고 싶어 했으나 번번이 엄마의 제동에 걸려 이루지 못했다. 엄마는 남동생의 배우고 싶다는 말 한마디에 당장 태권도 수강료를 대주시면서도 호임이에게는 여자애가 그런 걸 배워 뭐 하냐시며 더 이상 말도 못 꺼내게 하신다. 운동을 동생보다 확실히 자기가 더 잘 하는데 이건 뭔가 불공평하다고 생각하며 내내 참아 왔다.

인문계 고등학교에 진학해서 대학 진학을 위해 공부를 하면서도 마음 한구석에서는 '이게 아닌데 이게 아닌데' 하는 소리가 울렸다. 이렇게 반은 포기하고 살다가 자신의 삶에 대해 침착하게 생각할 수 있을 만큼 분별력이 생기게 되자 호임이는 다시 한번 생각해 보았다.

'내가 너무나도 하고 싶고 그 방향으로 계속 내 인생을 걸고 싶은데도 단지 여자가 무슨 그런 거친 운동을 하느냐는 엄마의 생각에 밀려 이렇게 묵묵히 독서실이나 다녀야 하는가? 아니다. 그럴 수 없다. 난 꼭 하고 싶다. 좋다 하자. 그러나 지금 당장 엄마를 설득하는 건 불가능하다. 그렇다면 엄마 몰래 시작하는 거다. 사실 엄마의 인정이 필요한 것은 어쩌면 나에겐 너무나 벅찬 학원비 때문이 아닌가? 학원비만 내 손으로 해결할 수 있다면. 그래. 열심히 하면 나중에라도 엄마의 허락을 받을 수 있을 거야. 학교생활을 성실하게 할 수 있다면 큰 반대는 안 하실 거야. 엄마도 전혀 여자답지 않은 내 성격은 이미 알고 계시니까. 좋아 계산해 보자. 우선 저금해 놓은 것 찾고 평소 용돈을 무섭도록 절약하고 이번 설날엔 최대한 많이 수입을 올리는 거다. 그런데 나머지 부분은 어쩐다. 최소한 3개월치 정도의 비용은 만들어야 하는데…….'

여기까지 생각하자 그렇게도 막막하던 길이 조금씩 밝아 오는 기분이었다. '좋다. 이 튼튼하고 젊은 몸으로 무얼 못 해.'

호임이는 즉시 신문 배달에 뛰어들었다.

'방학이 끝나면 난 시작하는 거다. 드디어 운동을 하는 거다.'

생각만 하면 가슴이 벅차올라 새벽길의 추위쯤이야 이미 아무것도 아니었다. 가끔은 호임이 자신도 놀라곤 했다.

'내가 이렇게 강해졌다니.'

그 이후 호임이는 실제로 운동을 시작했다. 우선 엄마에게 들키지 않으려고 집에서 여러 정류장 떨어진 도장을 찾아서 등록을 했다. 운동하다 생긴 멍과 통증을 내색도 못 하고 꾹꾹 참으면서 다녔고, 그때부터 호임이의 생활은 달라지기 시작했다. 게으름이란 일찌감치 사라졌고 말할 수 없이 고달파도 하루하루가 행복했다.

올 3월이면 고3이 되는 호임이는 합기도와 태권도 유단자가 되어 있다. 그 사이 결국 엄마가 알게 되었지만 이제는 더 이상 말리지 않으신다. 호임이는 대학을 가든 안 가든 자기가 하는 운동과 관련 있는 길을 가겠다고 생각하며 장래를 설계하고 있다. 지극히 평범했던 호임이의 인간 승리 드라마는 아직도 끝나지 않고 있다.

이제 다시 우리의 불쌍한 친구 나귀에게로 돌아와 봅시다. 나귀가 진정 아름다운 목소리를 소망했다면 좀 더 침착해야 했습니다. 맹목적으로 갖고 싶어만 했지 그 이외의 생각이 없었습니다. 우선 나귀는 아름다운 목소리가 먹는 것으로 해결된다고 결론을 내리고 귀뚜라미에게 무얼 먹어서 그런 소리가 나오느냐고 물었습니다. 귀뚜라미는 무얼 먹느냐는 질문에 대답했을 뿐인데 나귀는 아무런 검토 없이 무조건 그 말을 죽을 때까지 믿어 의심하지 않았습니다. 나귀에게는 귀뚜라미에게 없는 개성이 있었을 텐데 무조건 아름다운 목소리만을 원했습니다. 맹목적 소원만 있었지 분석력이나 판단력, 주체성이 없었던 것이지요.

그런데 볼품없이 말라 죽어 가는 나귀의 무모한 소망을 탓하기 이전에 연민의 마음부터 일어나는 것은, 어쩌면 나귀에게서 우리 청소년들의 자화상을 발견하기 때문인지도 모릅니다. 국내외 연예인, 운동선수들을 너무나도 사모하는 나머지 그 일에 온 힘을 쏟아붓고 나머지 생활에서 의미를 찾지 못하는 일부 청소년들의 삶은 굶어 죽어 가는 나귀의 모습 그대로인 것 같습니다. 대학에 가길 갈망하면서도 구체적이고 체계적인 준비는 전혀 하지 않은 채 학교, 학원, 독서실로 떠다니는 모습이 분석력, 판단력이 없는 나귀의 모습과 같습니다.

인간의 진정한 아름다움은 자신에 대한 애정과 믿음으로 원하는 일을 부지런히 추진해 나갈 때 나옵니다.

흔히 인생을 한 편의 드라마라고 하지요? 이제는 이 드라마의 진정한 주인공이 누구인지 한번 생각해 보아야 하겠습니다. 그리고 얼마나 침착하고 신중하게 연기하고 있는지 눈여겨보아야겠습니다. 여러분은 진정 자신의 삶의 주인입니까?

글쓰기 마당

1. 이 이야기의 다음 내용을 한 문단 정도 만들어 봅시다.
2. 정말 나귀가 이슬만 먹고 목소리가 귀뚜라미처럼 아름다워졌다면 그 다음은 어떻게 전개될까 만들어 봅시다.
3. 나귀에게도 괜찮은 목소리가 있었다면 어떻게 했을까요?
4. 우리 생활과 주변 사람들을 소재로 이와 비슷한 이야기를 꾸며 봅시다.
5. 이 이야기를 읽고 떠오르는 것을 여러 친구들과 함께(또는 모둠별로) 한 단락씩 자유롭게 이어 쓰기를 해 봅시다.

함께 만들어 볼 수 있는 이야기들

- 너무나 애처로운 나귀의 모습을 보다 못한 하느님이 나귀에게 열흘 동안만 소망을 들어 준다.
- 나귀는 배고픔을 견디다 못해 귀뚜라미를 원망하게 되고 결국 화를 참지 못해 귀뚜라미를 찾아가 자기를 속였다고 마구 때린다.
- 나귀는 굶을 만큼 굶어도 소리가 나오지 않자 곰곰이 생각해 보다가 방법을 바꿔 피가 나올 정도로 연습해서 드디어 원하는 목소리를 얻게 된다.
- 몸이 점점 약해지자 굶는 것을 그만둔 나귀는 열심히 일해서 돈을 벌고 귀뚜라미를 후원해 주면서 아름다운 소리를 마음껏 듣는 걸로 만족한다.

풀씨 이야기

사람들이 어우러져 묻혀 있는 야산의 공동묘지에 작은 무덤이 있었다. 그리고 그 무덤엔 풀씨가 익어가고 있었다. 어느 보름달이 뜬 밤, 센 바람이 불어와 풀씨를 실어갔다. 풀씨가 떨어진 곳은 어마어마하게 큰 무덤이었다. 아침이 되자 어디선가 살찐 개미 한 마리가 나타났다. 풀씨가 개미한테 물었다.

"여기가 어디니?"

"왕릉이다."

개미는 풀씨한테 자기가 살고 있는 커다란 왕릉에 대해 자랑을 늘어놓았다.

"이 능은 만 평도 넘어. 그리고 돌로 된 근엄한 대감도 있고, 말도 있고, 없는 게 없어. 나는 이게 늘 자랑이란다."

"……."

"또한 여기에는 언제나 먹을 게 풍부하지. 나는 일하지 않고도 늘 이렇게 살이 찐단다."

한참을 듣고 있던 풀씨가 물었다.

"그럼 그들이 지금 저기 저 나무 위에서 노래하고 있는 새소리를 들을 수 있니?"

개미가 답답해서 죽겠다는 듯이 말했다.

"그들은 살아 있지 않아. 그냥 장식으로 여기에 서 있는 거야."

"그런 게 뭐가 자랑거리가 되니? 나는 작고 힘이 약한 풀이지만 아무데나 떨어져도 뿌리를 내리고 살지. 이름도 없고 화려하지도 않지만, 꽃을 피우기도 하고 풀벌레들의 보금자리가 되어 주기도 하는걸. 그리고 나는 또한 남이 주는 걸로 풍부하게 살기보다 자기가 열심히 일해서 살아가는 것이 훨씬 중요하다고 생각해."

"물론 살아있음이 중요하지. 그러나 신분에 따라서 죽은 이의 무덤도 다른 거야. 여기 능을 보고 느끼는 것 없어?"

풀씨가 한심스럽다는 표정으로 말했다.

"나는 헐벗고 굶주리는 사람과 함께 살다가 죽은 이의 무덤 위에서 살았어. 그 무덤의 묘비명은 이래.'나를 뒷동산에 묻어 주오. 그리고 내 무덤은 한 몸 길이만 하게 작게 해 주시오. 사람들이 쉬다가 다칠지도 모르니 돌로 된 것은 아무것도 만들지 마시오. 다만 잔디가 벗겨지면 사람들이 찾아오지 않을지도 모르니 봄마다 잔디나 한번씩 손봐 주시오.'"

"네가 못 보아서 그렇지. 이 무덤 속에 들어가면 임금님의 관이 있어. 그리고 큰 칼도 있는걸. 이것이 바로 명예요, 권력이야."

"그건 진짜로 이 세상을 정복하는 것이 아니야. 진짜는 그런 명예나 권력에 의해 정복되지 않고 위대한 영혼에 의해 정복되는 거야."

한참 후 개미가 입을 열었다.

"그래 나도 이제 알겠다. 이곳에서 구경꾼들이 흘려 버리는 과자 부스러기나 주워 먹으면서 허황된 명예와 권력을 추구할 것이 아니라 내가 땀 흘려서 먹이를 구해야겠다. 그리고 더 많은 것들과 함께 살기 위해 들녘으로 나가야겠다."

하늘에서 따스한 햇살이 비추고 있었다.

개미와 베짱이

햇볕이 쨍쨍 내리쬐는 여름날, 개미들이 땀을 뻘뻘 흘리며 일을 하고 있었다. 자기 몸 크기만 한 먹이를 구한 개미는 친구들을 불러서 함께 먹이를 옮겼다.

"영차, 영차!"

개미들은 열심히 일했다. 그때 베짱이는 시원한 나무 그늘에 앉아서 한가롭게 노래를 부르고 있었다.

"얘들아, 이 더운 날 뭐 하러 그렇게 열심히 일하니? 나처럼 시원한 나무 그늘에서 쉬는 게 어때?"

베짱이가 개미들에게 말했다. 개미들은 묵묵히 땀을 흘리며 일했다.

"말귀를 못 알아듣는군, 멍청한 개미들이야."

베짱이가 비웃으니, 개미 한 마리가 대답했다.

"우리는 겨울에 먹을 양식을 준비하고 있는 거예요."

그 말을 들은 베짱이는 어처구니없다는 듯 크게 웃었다.

"하하, 정말 미련한 일이야. 이 찌는 듯한 여름날 겨울 걱정을 다 하다니……."

그러나 마침내 여름이 가고, 나뭇잎이 떨어지는 가을도 지나갔다. 여름 동안 많은 먹이를 저장해 둔 개미들은 따뜻한 집 안에서 편안한 생활을 하고 있었다. 그러나 베짱이는 추위와 굶주림에 지쳐서 죽을 것만 같았다. 그러던 어느 날, 흰 눈이 내렸다. 개미들은 난롯가에 모여서 맛있는 간식을 먹으며 즐거운 이야기로 웃음꽃을 피우고 있었다. 그때, 몹시 굶주린 베짱이가 덜덜 떨면서 개미의 집을 찾아왔다.

"여보세요, 여보세요."

베짱이는 힘없이 문을 두드렸다.

"누구십니까?"

집 안에서 개미가 물었다.

"먹을 것 좀 얻으러 왔습니다."

베짱이가 조그만 소리로 말했다. 문을 열어 본 개미는 깜짝 놀라며 물었다.

"어머나, 베짱이님 아니세요? 왜 이런 모습으로 오셨나요? 요즈음은 시원한 그늘에서 노래를 하시지 않나요?"

"내가 어리석었어요. 당신들이 부지런히 일할 때 놀지 않고 함께 일했더라면, 지금 이런 꼴이 되지는 않았겠지요."

베짱이는 부끄러워서 고개를 숙이고 조그맣게 중얼거렸다.

자기 생각 나누기

1. 여러분이 베짱이라면 이후에 어떻게 살아가겠습니까?
2. 근면 성실한 사람이 오히려 고생하는 경우가 종종 있습니다. 주변에서 그런 사례를 찾아보고 그 원인이 무엇인지 이야기 해 봅시다.
3. 흔히 어른들은 책을 보고 있지 않을 땐 무조건 노는 걸로 생각하여 꾸지람을 할 때가 많습니다. 각자 좋아하는 일을 하면서도 경제적으로 걱정 없는 생활을 하려면 어떻게 해야 할까요?
4. 차 안이나 거리에서 구걸하는 사람을 보면 어떻게 합니까? 돈을 준다면 그 이유는 무엇입니까? 또 돈을 주지 않는다면 그 이유는 무엇입니까?

길잡이

너무나 유명한 이 이야기가 주는 교훈은 물론 '근면'입니다. '괴로움을 참고 노력하는 사람은 언젠가 그 대가를 받게 된다' 또는 '지혜로운 사람은 미래를 준비한다' 등이죠.

이와 비슷한 '개미와 매미'라는 이야기도 있습니다. 추운 겨울날 개미 집에 먹이를 얻으러 온 매미가 여름 내내 아름다운 노래를 부르느라 겨울 양식을 준비할 시간이 없었다고 잘난 척하다가 '그러면 겨울에는 춤을 추면 되지 않느냐'라고 면박을 당하는 이야기입니다.

'근면 성실'은 언제라도 지켜져야 할 미덕입니다. 우리 인류가 계속 발전해 온 데는 앞에 나서서 이름을 빛낸 사람보다는 뒤에서 묵묵히 성실하고 근면하게 일해 온 수많은 이름 없는 사람들의 역할이 더 컸습니다. 여러분도 부모님들이 근면하고 성실하게 일하고 계시기 때문에 학교도 다니고 생활에 필요한 여러 가지를 누리는 것 아닙니까? 크게는 한 나라부터 작게는 회사나 공장, 학교까지 모두 근면 성실한 분들에 의해 움직이고 발전해 나가고 있습니다. 그렇지만 이렇게 근면 성실을 강조하는 것이 '획일'이나 '순응'을 의미해선 안 됩니다. 오늘날처럼 다양함이 존재하는 시대에 여전히 제도 교육을 통해서 강조하는 단순한 근면 성실은 순응적인 인간형을 양산해 낸다는 비판을 받기도 합니다.

인간이 갖추어야 할 미덕은 수없이 많습니다. 정의감, 탐구심, 호기심, 지도성, 용기, 도전과 끈기, 자기 표현, 타인에 대한 사랑…….

학교의 모범생이 꼭 사회의 모범생은 아닙니다. 시키는 대로 열심히 해낸 사람보다 다소 말썽(?)은 피우더라도 좋은 인간성이나 기발한 아이디어를 가지고 있는 사람이 성공하는 경우도 많습니다. 그렇다고 해서 '근면 성실'이 중요하지 않다는 이야기는 아닙니다. 여기서 하고 싶은 말은 '다양성'이고, 먹이를 수집하고 모으는 개미의 능력을 높이 사야 하는 것처럼 노래를 잘 부르는 베짱이의 능력도 인정해 주어야 한다는 것입니다. 물론 어떤 분야건 전문인이 되려면 성실해야 한다는 건 기본이죠.

베짱이의 노래가 땀 흘리며 일하는 개미의 원기를 북돋우고 능률을 올려 주었다면, 그리고 그 능력이 누구나 할 수 있는 것이 아니었다면, 마땅히 그에 대한 보답을 받아야 할 것입니다. 물론 베짱이의 노래가 시끄러운 소음으로 들렸다면 할 말이 없지만.

이 세상에는 노동 현장에서 일하는 사람, 연구하는 사람, 음식을 만드는 사람, 아이를 돌보는 사람, 깨끗한 환경을 만드는 사람, 노래하는 사람 등 여러 부류의 사람들이 있습니다. 각자 자기 분야에서 열심히 최선을 다해 뛰는 게 중요하지 않을까요?

글쓰기 마당

1. 이 이야기의 다음 내용을 한 문단 정도 만들어 이어 봅시다.
2. 개미들도 노래 부르기를 좋아했다면 다음 이야기는 어떻게 전개되었을까 이야기해 봅시다.
3. 개미와 베짱이 이외에 다른 동물을 등장시켜서 이야기를 꾸며 봅시다.
4. 우리 생활과 주변 사람들을 소재로 이와 비슷한 이야기를 꾸며 봅시다.
5. 이 이야기를 읽고 떠오르는 것을 여러 친구들과 함께(또는 모둠별로) 한 단락씩 자유롭게 이어 쓰기를 해 봅시다.

함께 만들어 볼 수 있는 이야기들

- 노래도 잘하고 일도 잘하며 아주 열심히 사는 베짱이를 모든 동물이 칭찬한다.
- 베짱이는 개미와 함께 보컬 그룹을 만들고 아름다운 음악으로 일하는 동물들에게 힘이 솟게 한다.
- 무정한 개미의 거절로 베짱이가 굶어 죽는다.
- 개미의 도움으로 겨울을 넘긴 베짱이는 정신을 못 차리고 다음 해 여름에도 여전히 노래만 한다.

또 다른 이야기 하나

신 개미와 베짱이

"영차, 영차!"

더운 여름날, 개미들은 땀을 뻘뻘 흘리며 열심히 일하고 있었다. 그때 멋지게 차려입은 베짱이는 시원한 나무 그늘에서 한가롭게 노래를 부르고 있었다.

"이 더운 날 뭐 하러 그렇게 열심히 일하죠? 나처럼 시원한 그늘에서 노래를 부르며 쉬는 게 어때요?"

"우리는 겨울에 먹을 양식을 준비하고 있는 거예요."

"하하, 정말 미련한 일이야. 겨울 걱정을 벌써 하고 있다니……. 세상에는 그렇게 죽어라 일만 하기에는 재미있고 멋진 일들이 정말 많아요. 얼마 살지도 못 할 목숨, 즐기면서 살아요."

개미는 베짱이를 '한심한 놈팡이'라고 경멸하면서 계속 일을 했다. 그런데 문제는 젊은 개미들에게서 일어났다. 하나둘씩 베짱이에게 많은 먹이를 주면서 공연을 주선하고, 입장료로 먹이를 받아

챙겼다. 많은 젊은 개미들이 어른 개미들이 열심히 모아 놓은 먹이를 챙겨 들고 베짱이의 공연을 보러 갔다. 공연장에서 베짱이는 개미들이 좋아하는 표정과 폼으로 마음을 휘어잡았다. 개미들은 환호성을 지르고, 조금이라도 베짱이에게 다가가려고 서로 밀었다. 심지어 너무 좋아서 우는 개미까지 생겨났다.

겨울이 되어 개미들은 허름한 땅속 움집에서 만족하며 살고 있을 때 베짱이는 아주 호화로운 저택에서 한여름처럼 따뜻하게 난방을 해 놓고 맛있는 음식을 먹으며 지냈다.

이런 사태를 불공평하다고 생각한 어른 개미들은 모여서 기나긴 회의를 했다. 다음 해가 되자 어른 개미들은 베짱이의 공연장을 점령해 어린 개미들이 공연을 보지 못하게 했으며, 집집마다 어린 개미들이 나가지 못하게 감시했다.

이제 먹을 것조차 구할 수 없게 된 베짱이와 어린 개미를 감시하느라 힘에 겨운 어른 개미 대표가 협상을 했다. 베짱이의 노래가 즐거움을 준다는 사실을 인정하고 먹을 것을 보장해 주되, 어린 개미들이 일하는 시간을 방해하지 않고 돈을 낭비하지 않도록 합의된 장소에서만 노래하기로 한 것이다.

대머리가 된 남자

나이가 들어 머리가 희끗희끗하게 센 남자가 있었다. 그 남자는 두 여자를 사귀고 있었는데, 한 여자는 그 남자보다 나이가 많았고, 또 한 여자는 아주 젊었다. 나이가 많은 여자는 자기보다 젊은 남자와 사귀는 것을 부끄럽게 생각해서 남자가 자기 집에 올 때마다 남자의 머리에서 검은 머리카락을 조금씩 뽑아냈다. 반면에 젊은 여자는 머리가 희끗희끗한 남자와 사귀는 것을 부끄럽게 생각해서 그 남자가 집에 올 때면 남자의 머리에서 흰 머리카락을 조금씩 뽑아냈다. 그렇게 흰머리와 검은 머리를 조금씩 뽑힌 그 남자는 결국 대머리가 되고 말았다.

자기 생각 나누기

1. 두 여자의 처지에서 가장 현명한 선택은 무엇일지 생각해 봅시다.
2. 남자가 대머리가 된 뒤 어떤 일이 벌어질지 상상해 봅시다.
3. 사랑하는 남성을 붙잡아 두려고 하는 여성의 심리를 표현한 광고들을 찾아봅시다.
4. 주인공은 두 여자와 사귀는 파렴치한 남자입니다. 한편으로 두 여자와 사귀느라 적잖은 희생도 해야 합니다. 주변에 이런 사람이 있는지 함께 찾아봅시다.

길잡이

남녀 평등이 어느 정도 이뤄진 오늘날에는 일어날 수 없는 이야기입니다. 하지만 몇 십 년 전만 해도 우리나라 역시 이런 상황이 실제로 적지 않았습니다.

비록 지금 시대는 아니지만, 이 짧은 이야기 속에는 남녀의 차별에 대한 많은 의미가 담겨 있습니다. 특히 우리 사회에서 남녀의 성 역할을 어떻게 보고 있는지 상징적으로 드러내는 이야기입니다.

우선 한 남자가 두 여자를 동시에 사귀는 사실에 관심을 가져야 합니다. 어쩌면 아내와 애인일 것입니다. 이야기 속에서는 친구라고 나오지만 이야기의 앞뒤로 보아 애인 관계라고 봐야겠지요. 기나긴 인류 역사상 일부다처제가 공식적으로 금지된 것은 불과 몇십 년 전 일입니다. 그 이전까지 일부다처제 아래에서 여자들은 한 남자를 두고 암투를 벌이곤 했습니다. 이야기 속의 두 여자 역시 남자가 자기하고만 어울리기를 원합니다. 자기만 사랑해 주기를 바라는 마음이겠지요.

지금은 이런 일이 거의 없습니다. 하지만 어린 시절 익힌 성 역할은 은연중에 여성을 사랑에 수동적이고 순종적인 존재, 남자에 의해 선택당하는 대상으로 만듭니다. 반면에 남자는 사랑에서도 주도적이고 능동적이어야 한다고 익힙니다. '영웅은 미인을 얻는다'라는 말처럼 '내 여자'를 만드는 노력에 전력하는 것이 남성다운 정열의 표본이 될 뿐 아니라 절대적인 사랑으로 포장됩니다.

여성은 창조적 능력이 가장 왕성한 젊은 시절에 '좋은 남자를 만나기 위해' 주요 에너지를 다 써 버리고, 나머지 일생을 '그 남자를 잡아두기 위해' 전심전력한다고 주장하는 사람들이 있습니다. 왜 그럴까요? 근본 원인은 여성을 열등한 존재로 규정하고 남자에게 경제적으로 의존한다고 생각하기 때문입니다. 따라서 사회에서 주어지는 열등한 지위에 대해 싸우기보다 한 남자의 인정을 받기 위해 노력하는 쪽이 쉽다고 여기게 됩니다.

다시 이솝의 이야기로 돌아와 봅시다. 두 여자 사이에 낀 남자의 처지는 안쓰럽기도 하고 우스꽝스럽기도 합니다. 여자에게 대우받고 있는 것처럼 보이지만 사실은 이것저것 다 뜯기고 맙니다. '남자다워야' 한다는 신화에 빠진 오늘날의 고달픈 남성들의 모습이기도 합니다. 만들어진 신화 속의 남자 노릇을 하느라고 자신의 삶이 어디 있는지도 모른 채 끌려다니는 초라한 모습이 '대머리'로 상징되는 것입니다.

사람은 누구나 자신이 하는 일에 대해 좋게 평가받기를 원하고 무엇인가로 보상받기를 바랍니다. 직장에서는 승진이나 자기에게 적합한 역할을 부여받는 일로 보상을 받습니다. 열심히 한다고 해서 능력을 인정받을 수는 없습니다. 모든 수단과 방법이 다 동원됩니다. 조직 사회 속에서는 아무리 창의적인 능력이 뛰어나도 윗사람의 그늘에 가려 빛을 못 보는 경우가 많기 때문이죠. 그래서 치열한 경쟁을 하고, 때론 다른 사람을 짓밟고 서야 합니다. 남자든 여자든 마찬가지입니다.

집에서 살림만 하는 전업주부도 편치 않습니다. 힘든 가사 노동의 가치를 제대로 인정받지도 못한 채 하루하루를 살아갑니다.

이제 '여성은 사랑을 위해 살고 남성은 일을 위해 산다'가 아니라 '남성과 여성 모두 사랑과 일을 위해 살고 자기를 변화시키면서 산다'라고 되어야 합니다. 그러기 위해 우리의 생각을 어떻게 바꿔야 할지 고민해 봅시다.

글쓰기 마당

1. 이 이야기의 다음 내용을 한 문단 정도 만들어 이어 봅시다.
2. 남자가 머리카락을 뽑지 못하게 했다면 여자들은 어떤 행동을 했을지 상상해 이야기해 봅시다.
3. 한 여자가 두 남자와 사귀는 상황을 가지고 이야기를 만들어 봅시다.
4. 우리 생활과 주변 사람들을 소재로 이와 비슷한 이야기를 꾸며 봅시다.
5. 이 이야기를 읽고 떠오르는 것을 여러 친구들과 함께(또는 모둠별로) 한 단락씩 자유롭게 이어 쓰기를 해 봅시다.

함께 만들어 볼 수 있는 이야기들

- 두 여성이 모두 남성을 버리고 떠난다.
- 남자는 두 여자 가운데 한 여자만 선택해서 행복한 삶을 산다.
- 두 여자 가운데 한 여자만 선택해서 같이 살게 되지만 다른 한쪽 여성에 대한 미련 때문에 불행하게 된다.
- 남자는 머리카락을 뽑지 못하도록 강력하게 제재를 가하고, 여성들이 자신을 떠받들도록 만든다.
- 두 여자가 각자 자기 취향에 맞는 가발을 마련해서 올 때마다 서로 씌우려 한다.

순덕이의 사랑

그날은 바람이 몹시도 불었다. 서른여섯 번째 이력서를 들고 거리로 나선 순덕이는 말할 수 없는 비감을 갖고 있었다. 집안이 가난한 탓에 대학은 무슨 대학이냐 싶어 선택한 취직의 길……. 그러나 그것은 또 하나의 거대한 벽이었다. 남보다 몸무게가 많이 무거운 데다 자그마한 키에 땀구멍이 큰 피부를 가진 이 여자는 취업난이 얼마나 심각한지 알지 못했던 것이다.

외모 단정하고 용모 준수한 여성을 뽑는 사회, 알바생을 뽑아도 얼굴을 보고 뽑는 사회에서 별로 뛰어나지 못한 외모를 갖고 있는 순덕은 자신도 모르게 고민이 많은 철학자가 되었다. 이 기회에 성형수술을 할까 아니면 취직을 포기할까를 선택해야 하는 고민이었다.

순덕은 심사숙고하였다. 수술을 하고 결혼을 했다가 수술하기 전 자신의 모습을 쏙 빼닮은 아기가 태어난다면 이것 또한 갈등의 요소가 아닌가? 하지만 이것도 순덕에게는 한가한 상상이었다. 수술비가 있을 수 없는 형편이라 진찰권 한번 끊어 보지도 못하고 좌절하였다.

남은 길은 무엇인가? 오로지 취직하는 길이었다.

'공단 입구'팻말이 붙은 버스 정류장에서 내린 순덕은 저 멀리 보이는 공단 굴뚝을 물끄러미 바라보았다. 아, 정말 발바닥의 발금이 없어지도록 돌아다녀 봐도 외모 안 보고 선택하는 데는 공장밖에 없구나. 막연히 자신은 공장 다니는 사람들과 다르다는 생각을 하고 있었는데 자신이 그런 사람이 될 줄은 몰랐다.

첫 월급을 탄 순덕은 미장원에 가서 파마를 했다. 숙녀용 화장품으로 치장을 하고 여성적인 옷을 사서 걸쳐 보기도 하였다. 하지만 이런 모습은 남이 뭐라 하기 전에 자신이 들여다봐도 별로였다. 이제 순덕은 고난에 찬 취직 전선에서 패배한 것을 교훈 삼아서 일체 한눈 팔지 않고 열심히 살아나갔다.

일을 좀 하나 보다 했더니 사건이 터졌다. 원래부터 음흉하기로 유명했던 박 주임이란 놈이 새로 들어온 영이의 엉덩이를 슬쩍 만진 것이다. 이런 경우 지금까지 다른 여직원들은 '박 주임은 원래 그런 놈이니까'하면서 지레 포기하고 말았다. 하지만 영이는 달랐다. 그 자리에서 "이게 뭐 하는 짓이에요!"하면서 바로 소리를 질렀던 것이다. 깜짝 놀란 박 주임은 영이의 뺨을 때렸다. 옆에서 보다 못한 순덕이가 달려들었다. 그러나 박 주임은 오히려 순덕이의 외모를 가지고 비아냥댔다. 순덕이는 더 이상 참지 않았다. 박 주임과 엉겨 붙어서 죽도록 싸웠다. 독이 오를 대로 오른 순덕은 부모님이 물려주신 튼튼한 이빨로 개 같은 인간 박 주임을 개처럼 물어뜯어 주었다.

박 주임과 사건 이후 순덕은 더욱 우울해졌다. 출퇴근길에 남자들이 자신을 손가락질하며 수군거리는 모습을 종종 발견했기 때문이었다. 순덕은 다시 한번 생각하는 사람, 즉 철학자가 되었다. 그날부터 순덕은 화장품 살 돈으로 책을 사서 봤고, 꽃꽂이 교실에 갈 돈으로 노동자 교양 교실을 찾아가 역사와 사회에 대해 공부를 하였다.

그 사건 이후로 오히려 추근대는 관리직원들 때문에 고민하는 여성 동료들이 줄지어 찾아왔다. 순덕이는 옷핀으로 찌르기, 응해주는 척하며 사람 많은 데서 꼬집어 뜯기 등의 묘책을 알려주며 신뢰를 쌓아 나갔다.

순덕은 공장 안에서 실천과 경험을 쌓아 노동조합에 관여하는 일에 나서게 되었다. 그래도 외모로 인한 열등감이 많았던 순덕은 적극적으로 앞에 나서는 일은 싫어했고 조합 내의 족구팀에 가입해서 휴일마다 동료들과 공을 뻥뻥 날리며 정을 나누어 갔다.

그러던 어느 날이었다. 노동조합에서 주최한 족구대회장에 박 주임을 앞장세운 이른바 '정의의 구사대'가 쳐들어왔다. 그들은 쇠 파이프를 들고 노동자들을 마구 때렸다. 무방비 상태에서 당하는 기습이라 피해가 적지 않았다. 박 주임 놈을 보고는 도저히 참을 수 없었던 순덕은 위험을 무릅쓰고 그들을 몰아내는 데 앞장섰다.

빛나는 싸움 덕분에 다리를 질질 끌고 공장에 다니던 순덕이 앞에 싱글벙글 한 남자가 나타났다. '당신이 열심히 살아가는 모습을 보고 존경해 왔지만 앞으로는 사랑하고 싶다'라고 하면서.

그 남자는 순덕이더러 아름다운 여자라고 했다. 순덕은 끄덕이며 "나는 아름답다"라고 대답했다.

– 엄인희

꼬리 잘린 여우

어느 날 여우 한 마리가 덫에 걸렸다. 애를 쓴 끝에 간신히 덫에서 빠져나오기는 했지만 꼬리를 잘리고 말았다. 꼬리가 잘린 자신의 모습을 보고 여우는 매일같이 한탄했다.

"이렇게 보기 싫은 모습으로 평생을 살아야 하다니……."

그러던 여우는 갑자기 무슨 생각이 떠올라 무릎을 딱 쳤다.

'옳지! 다른 친구들도 모두 꼬리를 자르도록 하는 거야. 그러면 내가 꼬리가 없다고 부끄러울 게 없지.'

여우는 곧장 친구들에게로 가서 신나게 떠들어댔다.

"얘들아, 꼬리가 없으니까 얼마나 좋은지 몰라. 뛰어다니기에도 편하고 보기에도 훨씬 좋지 않니? 너희들도 불편한 꼬리를 잘라 버리는 게 어때?"

이렇게 말하자 다른 여우 하나가 일어나서 말했다.

"이봐, 만일 네가 꼬리를 잘리지 않았다면 그런 이야기를 꺼내지 않았겠지. 너는 지금 너의 창피를 면하기 위해서 다른 여우들까지 꼬리를 자르도록 꼬시고 있어."

그 말에 다른 여우들도 깔깔 웃으며 말했다.

"물론이야! 우리의 멋진 꼬리를 왜 자르겠니?"

그 말을 들은 여우는 고개를 푹 숙이고 아무 말도 하지 못했다.

자기 생각 나누기

1. 여우가 둘러댈 수 있는 변명을 생각해 봅시다.
2. 여우의 지위(권력자, 연예인, 부자 등등)가 어떤가에 따라 다른 여우들의 반응이 달라질 수 있습니다. 여러 가지 상황을 설정하여 각각 이야기해 봅시다.
3. 유행 패션이나 유행어를 따라 하면서 왜 그런 유행이 생겼는지 생각해 본 적이 있는지 말해 봅시다.

길잡이

불운한 여우의 얕은꾀는 금방 들통이 났습니다. 그는 모두에게 다 있는 꼬리가 없다는 불명예와 열등감을 가지고 남은 세월을 살아야 할 것입니다. 만일 이 여우가 머리 모양이나 옷을 가지고 이렇게 저렇게 바꾸어 대면서 멋쟁이가 되려고 몸부림치는 이 시대에 살았다면 그렇게 비참하지는 않았을 것입니다. 물론 이런 유행을 이용할 정도로 머리가 좋든지 돈이 많든지 해야겠지만 말이죠.

여우가 돈이 아주 많은 부자라서 그의 짧은 꼬리에 멋지고 화려한 장식이 되어 있었다면, 그래서 그 여우의 우아함에 모두 경탄했다면 다른 여우들은 누가 시키지 않아도 자신들의 꼬리를 자르고 그 장식을 따라 했을지 모릅니다.

옛날에는 유행이 그다지 확실하지 않았고 그렇게 급격히 바뀌는 일도 없었습니다. 그러나 지금은 수시로, 끊임없이 바뀌고 있습니다. 20~30년을 주기로 유행이 바뀌는 것은 인간의 상상력으로 만들어 낼 수 있는 모습의 한계선인 모양입니다. 물론 현대의 패션은 활동성이 가장 중요하기 때문에 상상을 초월할 정도로 괴상한 복장은 수명이 짧겠지요. 그렇지만 구부리기도, 계단을 오르내리기도, 앉기도 불편한 미니스커트가 상당한 시간 동안 세력을 유지하는 것을 보면 편리해야 유행이 오래 가는 것만은 아닌 모양입니다.

이렇게 유행이 끊임없이 변화하는 주된 이유는 계층 간의 갈등 때문이라고 합니다. 첫째로 신분적인 차별이 공식적으로 폐지되었기 때문이고, 둘째로 모든 사람이 겉으로는 똑같은 권리와 의무를 가진 시민이 되었기 때문이죠.

옛날에는 하녀나 소시민 계급의 여자는 이런 재료나 이런저런 장식을 이용해서는 안 되며, 그런 것은 상류 여성들의 '권리'라고 정해 놓은 법 윤리나 단속 규칙이 있었습니다. 그런데 근대로 들어오면서 그런 제한이 없어졌기 때문에 상류계층은 가난한 서민들과 확실하게 구별되기를 원하게 되었습니다. 다시 말하면 겉으로는 평등하게 보일지 몰라도 자신들이 다른 사람들보다도 더욱 멋있게, 더욱 고상하게, 더욱 품위 있게 보이기를 원했던 것입니다.

산업 사회가 되면서 재산이 세상의 평판이나 평가의 기준이 됨에 따라 사람들은 재산이 많은 사람처럼 보이기를 원했습니다. 그러나 재산이 많은 것을 표현한다는 것은 그렇게 쉬운 일은 아닙니다. 그 이유는 '옷이 사람을 만든다'는 말에 따라 중산층들도 외모만큼은 상류층들과 구별되지 않으려고 애썼기 때문이죠.

사람들은 부자로 보이기 위해 만사를 부자처럼 행동했습니다. 이런 사람들 속에서 정말 부자들이 자신들을 돋보이게 할 수 있는 방법은 두 가지밖에 없었습니다. 첫째는 재산이 없는 사람이 뒤쫓아 오지 못하게 끊임없이 유행복을 바꾸는 것이고, 둘째 최고로 우아한 복장을 해서 사람들의 기가 질리게 하는 방법입니다.

첫째 수단을 위해서 부자들은 해마다 옷 모양을 바꿀 뿐 아니라 각 계절마다 바꾸고, 전문가의 힘을 빌려 지나간 유행이 최신 유행과 혼동되지 않도록 했습니다. 사치와 우아함은 부자들의 간판이 되었습니다.

한편 자본주의적 생산 방법이 갖는 특수한 요구도 유행의 원인이 되었습니다. 자본주의적 대량 생산은 대량 소비에 의해서만 유지될 수 있습니다. 따라서 모든 유행, 모든 재료, 모든 색채, 모든 배합은 대중화되어야만 사업주에게 이익이 돌아갑니다. 어떤 것이 오늘 선택된 사람들의 유행이라면 내일은 대중의 유행으로 바뀌어야만 합니다. 그렇지 않으면 공장은 성장할 수가 없기 때문이죠.

그렇게 모든 사람들이 유행되고 있는 옷들을 구입하고 나면 공장들은 재빨리 다른 형태의 것을 만들어 냅니다. 그래서 지금은 유행되는 것들을 새로 사고 빨리 버리는 것이 대중의 임무처럼 되어 버렸습니다.

다소 어려운 듯한 이야기를 꺼낸 이유는 여러분이 '유행'의 허상을 깨닫고, 덮어놓고 유행을 찾아 떠다니는 사람이 되지 않기를 바라기 때문입니다.

요즘 젊은이들은 다행히 유행을 나름대로 소화하면서도 자기 개성을 잘 나타내는 것 같습니다. 그런 사람이 오히려 '멋을 아는 사람'이라고 인정해 주기도 하죠. 여러분도 새 옷이 없다고 부모님을 괴롭히기 전에 유행의 의미와 자신의 개성을 한번 돌아보기를 바랍니다.

글쓰기 마당

1. 이 이야기의 다음 내용을 한 문단 정도 만들어 이어 봅시다.
2. 꼬리 잘린 여우의 말이 먹혔다면 그 다음은 어떻게 전개될까 이야기해 봅시다.
3. 여우의 꼬리가 잘리지 않고 팔이나 다리에 장애가 생겼다고 상상하여 새 이야기를 만들어 봅시다.
4. 우리 생활과 주변 사람들을 소재로 이와 비슷한 이야기를 꾸며 봅시다.
5. 이 이야기를 읽고 떠오르는 것을 여러 친구들과 함께(또는 모둠별로) 한 단락씩 자유롭게 이어 쓰기를 해 봅시다.

함께 만들어 볼 수 있는 이야기들

• 의사들이 이 여우를 내세워 '꼬리 없는 것에 대한 편리함을 광고한다. 덕분에 꼬리를 자르는 수술을 해 주는 의사들이 많은 돈을 벌게 된다.

• 꼬리 없는 여우가 폭력으로 모두 다 꼬리를 자르도록 명령하자 두려움 때문에 이를 따르는 여우가 늘어나게 된다.

• 꼬리 없는 여우는 비관한 나머지 아무도 없는 곳으로 가서 혼자 살게 된다.

• 꼬리 없는 여우는 남다른 노력을 해서 성공한 장애인으로 유명해진다.

가지각색 하느님

숲속에 소문이 퍼졌어. 누구든지 옹달샘에 가면 하느님을 만나 볼 수 있다는 소문이었지.

어느 날 빨간 단풍잎 하나가 시나브로 옹달샘 위에 떨어졌어.

"옹달샘아, 나도 하느님을 보고 싶어."

"하느님을 보려면 숨도 쉬지 말고 가만히 있어야 해."

단풍잎은 숨도 쉬지 않고 가만히 있었지. 얼마 뒤 옹달샘이 귓속말로 물었어.

"하느님이 보이니?"

단풍잎도 귓속말로 대답했어.

"그래, 보인다."

"어떻게 생기셨니?"

"빨갛고 납작한 별과자처럼 생겼어."

"네 하느님은 빨강구나?"

"응."

이번에는 잠자리가 옹달샘을 찾아왔어.

"옹달샘아, 나도 하느님을 보고 싶어."

"하느님을 보려면 날갯짓도 하지 말고 가만히 있어야 해."

잠자리는 풀잎 위에 앉아 숨도 쉬지 않고 옹달샘을 내려다보았지.

"보이니?"

"그래, 보인다."

"어떻게 생기셨니?"

"왕방울 눈에다가 양쪽에 날개가 있고 꼬리도 아주 길어."

"네 하느님은 왕방울 눈이구나?"

"응."

숲속의 온갖 짐승들이 옹달샘에 와서 하느님을 보았어. 토끼의 하느님은 두 귀가 길쭉하고, 사슴의 하느님은 예쁜 뿔이 돋았고, 늑대의 하느님은 이가 아주 크고 사납게 생겼고, 꽃뱀의 하느님은 혀가 갈라졌고, 아기별의 하느님은 초롱초롱 빛나고, 여우의 하느님은 얌체이고, 들국화의 하느님은 향기롭고…….

깊은 숲속, 옹달샘이 보여주는 하느님의 모습은 참으로 가지각색이었지.

전나무와 나무딸기

숲속에 커다란 전나무가 웅장하게 서 있었다. 전나무 아래에는 나무딸기 한 그루가 가련하게 줄기를 뻗고 있었다.

"얘, 나무딸기야. 너의 볼품없는 모습을 보니까 처량한 생각이 드는구나. 어쩌다 그렇게 형편없는 모습으로 태어났니?"

전나무가 나무딸기를 보고 말했다.

"흥, 몸뚱이만 크다고 제일인가? 나는 비록 작아도 마음은 편하단 말이야."

나무딸기도 지지 않고 말했다.

"뭐라고? 마음이 편하다고? 이 어리석은 나무딸기야. 너야말로 아무짝에도 쓸모가 없는 쓰레기 같은 존재란 말야."

"전나무야, 너는 미련퉁이야. 몸뚱이만 크면 제일인 줄 아니? 나는 너 같은 건 한번도 부러워한 적이 없단 말야."

나무딸기는 전나무를 비웃었다.

"흥, 그래도 큰소리는……. 나를 보렴, 얼마나 아름다운가. 내 몸은 큰 배를 만들 수도 있고 집을 짓는 재목으로도 쓰인단 말야. 너 같은 거야 무슨 쓸모가 있니? 이 가련한 나무딸기야."

전나무는 한껏 교만을 부렸다. 그때 멀리서 '쿵 쿵' 하고 나무 찍는 소리가 들려왔다.

"오! 나무꾼이 온 모양이군. 이봐 전나무야, 네가 아무리 교만을 떨어도 저 소리만 들으면 꼼짝 못 하겠지?"

나무딸기가 말했다. 겁에 질린 전나무는 부들부들 떨었다.

"잘 생각해 봐. 나무꾼들이 도끼와 톱으로 네 몸을 토막토막 자를 것을 생각하면 이 나무딸기가 부럽다는 생각이 날 거야."

전나무는 아무 말도 하지 못 했다.

자기 생각 나누기

1. 전나무와 나무딸기의 생각은 각각 어떤 문제점을 안고 있을까 찾아봅시다.
2. 나의 개성은 무엇인가 딱 한 가지만 찾아서 발표해 봅시다.
3. 겉모습이 훌륭해서 얻을 수 있는 유리한 점과 불리한 점에 대해 이야기해 봅시다.

길잡이

또 하나의 이야기를 소개합니다.

나는 집에 돌아와서 과거에 실망한 뜻을 아뢰었더니 아버지도 내가 바로 깨달았다고 옳게 여기시고 이렇게 말씀하셨다.

“너 그러면 풍수 공부나 관상 공부를 해 보아라. 풍수를 잘 배우면 명당을 얻어서 조상님 산소를 잘 써서 자손이 복록을 누릴 것이요, 관상에 능하면 사람을 잘 알아보아서 성인군자를 만날 수 있을 거다.”

나도 아버지 말씀이 맞다고 여겨서 아버지께 청하여 『마의상서』(麻衣相書)를 빌려다 독방에서 석 달 동안 꼼짝 아니하고 공부하였다.

그 방법은 거울을 앞에 놓고 내 얼굴을 보면서 한편 얼굴 여러 부분의 이름을 배우고 한편 내 상의 길흉을 연구하는 것이었다. 아무리 내 얼굴을 관찰해 보아도 귀격(貴格)이나 부격(富格)과 같은 좋은 상은 없고 천격(賤格), 빈격(貧格), 흉격(凶格)뿐이었다. 저번 과거장에서 실망한 것을 상서(相書)에서나 회복하려 했더니 오히려 더욱 낙심이 되었다. 짐승 모양으로 그저 살기 위해서 살다가 죽을까. 세상에 살아 있을 마음이 조금도 나지 않았다. 이렇게 절망에 빠진 나에게 오직 한 가지 희망을 주는 것은 책에 있는 이 구절 하나밖에 없었다. “상호불여신호 신호불여심호(相好不如身好 身好不如心好: 얼굴 좋음이 몸 좋음만 못하고, 몸 좋음이 마음 좋음만 못하다).” 이것을 보고 나는 크게 용기를 얻어 마음 좋은 사람이 되기로 굳게 결심하였다.

이 이야기는 『백범일지』 가운데 김구 선생이 어린 시절 자신의 미래에 대해 고민하는 대목입니다. 아시다시피 선생의 외모는 훌륭하지 않았고 심지어 얼굴이 살짝 얽기까지 했습니다. 그러나 아무도 그분의 외모가 일생에 도움이 안 됐다거나 더 크게 될 사람인데 외모 때문에 손해 봤다고 말하지 않습니다. 이 이야기에서 보듯이 김구 선생의 외모는 오히려 그분의 인생을 값지게 만드는 데 공헌했다고 할 수 있습니다.

어떻게 사는 것이 진정 가치 있게 사는 것일까요? 언제나 어렵게 다가오는 문제입니다. 실제로 외모에 신경 안 쓰고 초연해서 살기란 수도자의 길만큼이나 어렵습니다. 방학이 되면 성형외과가 미어터진다더라, 남자고 여자고 간에 예쁘고 잘나고 봐야 한다는 말이 심심치 않게 화제에 오르고 있고, 실제로 많은 사람이 외모에 대해 상당히 민감한 반응을 보입니다. 그리고 너도나도 치장을 하느라 여념이 없습니다.

외모 문제로 고민하는 사람에게 외모가 그리 중요한 게 아니라고 말하기도 어렵습니다. 그러나 요사이 인기를 끌고 있는 연예인들을 보면, 외모에 획일적 기준이 통용되는 것 같지는 않습니다. 쌍꺼풀 없는 눈, 크지 않은 키로도 다른 사람들에게 호감을 주는 경우가 얼마든지 있습니다. 키가 크고 늘씬하다고 훌륭한 것도 아니고 쌍꺼풀이 있어야만 미인이 되는 것도 아닙니다.

이제 우리도 우리 식대로 아름다움의 기준을 다시 세워 나가야 합니다. 개성과 창의력을 가장 중요하게 여기는 현대 사회에서 겉모양의 화려함으로 승부를 건다는 것은 너무나도 어리석은 일이 아닐 수 없습니다. 한 사람 한 사람이 자신만의 고유한 빛깔을 찾고 가꾸어 나가는 것이 더욱 아름다운 것 아닐까요?

인생의 참된 가치는 외형적 성공에 있지 않습니다. 화려하게 살고 이름을 날리는 것이 반드시 값진 삶은 아니지요. 바르고 건강한 인생관을 세우고 자신의 진정한 가치를 찾아가며 성실하게 살아가는 것이 요즘 표현대로 '나는 나'의 삶을 사는 것이지요.

글쓰기 마당

1. 이 이야기의 다음 내용을 한 문단 정도 만들어 봅시다.
2. 나무꾼이 두 나무를 모두 베어 간다면 그 다음은 어떻게 전개될까 이야기를 만들어 봅시다.
3. 전나무가 나무딸기를 몹시 부러워했다면 나무들의 이야기는

얼마나 달라졌을까요?

4. 우리 생활과 주변 사람들을 소재로 이와 비슷한 이야기를 꾸며 봅시다.

5. 이 이야기를 읽고 떠오르는 것을 여러 친구들과 함께(또는 모둠별로) 한 단락씩 자유롭게 이어 쓰기를 해 봅시다.

함께 만들어 볼 수 있는 이야기들

- 두 나무가 서로 싸우고 있을 때 사람들이 와서 전나무는 베어 내고 나무딸기는 뽑아 내서 전나무로 집을 짓고 나무딸기로 울타리로 삼았다. 그들은 긴긴 세월 서로 흘겨보며 살다가 결국 화해했다.
- 사람들이 와서 전나무를 베어 내자 전나무는 나무딸기 위로 쓰러져서 나무딸기를 완전히 부러뜨려 버렸다.

가시나무새의 탄생

아주 오랜 옛날, 하느님이 아무 색도 없는 새들에게 색칠을 해 주겠다며 자기가 좋아하는 색깔을 정하라고 하였다. 가시나무새는 '무슨 색으로 할까?' 생각하며 하느님에게 날아갔는데 너무 늦게 가는 바람에 맨 뒤에 서게 되었다. 앞에 있는 새들은 빨간색, 노란색, 보라색, 검은색 등등 제각기 아름다운 색칠을 해 달라고 하느님에게 얘기했다.

하늘 위로 예쁜 새들이 계속 날아올랐다. 마침내 가시나무새의 순서가 돌아왔다. 하느님이 난처한 얼굴로 말했다.

"어떡하니? 물감이 다 떨어져 회색밖에 없구나."

"싫어요. 남들은 다 예쁜 색을 갖고 있는데 나는 이게 뭐예요. 싫어요. 정말 싫어요."

그 후 가시나무새는 슬픈 나날을 보내게 되었다. 다른 새들은 제각기 아름다움을 자랑하며 가시나무새를 비웃었다. 외모에 열등감을 가진 가시나무새는 집 안에 틀어박힌 채 홀로 지냈다. 어느덧 봄이 와 거리에는 노란 민들레꽃이 활짝 피어 활기찬 기운이 흐르고 있었다. 집 안에서 우연히 창밖을 내다보던 가시나무새에게 갑자기 좋은 생각이 떠올랐다.

"그래 저 노란 꽃잎으로 깃털을 장식해 예쁜 새가 되어 보자."

밖으로 나간 가시나무새는 종일 밥도 굶으며 노란 꽃잎을 뜯어 몸을 장식했다. 마침내 노란색이 된 가시나무새는 자랑스럽게 하늘 높이 날아올랐다. 그러나 날갯짓을 하자마자 몸에 꽂았던 꽃잎들이 허무하게 떨어져 나가 다시 회색의 보잘것없는 새가 되고 말았다. 비웃는 웃음소리들이 한바탕 들려왔다. 가시나무새는 다시금 집에 틀어박힌 채 우울하게 지냈다.

녹음이 우거진 여름이 찾아왔다. 시원스런 장대비가 한바탕 쏟아진 어느 날 가시나무새는 다시금 아름다워지기 위한 생각을 떠올리게 되었다.

"그래, 차라리 원래대로 돌아가자. 회색보다는 아무 색도 없는 게 차라리 나아."

밖으로 뛰어나간 가시나무새는 온종일 비를 맞으며 온몸을 씻어 내렸다. 그러나 색은 빠지지 않고 깃털만 뽑혀 나갔다. 다시 산천이 붉게 물드는 가을이 왔다. 가시나무새 집의 창가에도 붉은 낙엽이 바람에 휘날리고 있었다. 가시나무새는 다시 한번 아름다움에 도전하기 위해 밖으로 달려 나갔다. 붉은 잎을 한 잎 한 잎 깃털 사이에 꽂았다. 한 시간 두 시간……. 드디어 붉은색의 가시나무새가 완성되었다. 가시나무새는 너무나 신이 나서 다시 한번 소리 질러 자랑했다.

"나를 봐라, 나도 드디어 너희들만큼 예뻐졌단다."

그러나 하늘 위로 날아오르는 순간 또다시 나뭇잎들이 우수수 떨어져 나갔다. 되돌아오는 것은 비웃음뿐이었다.

이윽고 겨울이 되었다. 가시나무새는 아름다움에 대한 꿈을 뿌리치지 못해 밖으로 뛰어나갔다.

"이번에도 아름다워지지 못하면 차라리 죽는 게 나아."

비장한 마음으로 가시나무새는 흰 눈을 맞기 시작하였다. 발이 시려 동동거리면서도 온몸을 흰색으로 장식했다. 마침내 가시나무새는 하늘로 날아오르기 시작했다. 그러나 무정하게도 흰 눈은 가시나무새의 체온에 녹아 주르르 흘러내려 버렸다. 가시나무새는 모든 걸 끝장내고 싶었다. 죽어 버리겠다고 생각한 가시나무새는 하늘 끝까지 정처 없이 날아올랐다. 숨이 막혀 왔다. 날갯짓을 멈춘 가시나무새의 눈에 이상한 장면이 들어왔다. 큰 나무에 어떤 사람이 묶여 있는데 팔다리에 못이 박혀 있고 머리엔 가시로 된 관을 쓰고 있었다. 가시나무새는 그 사람에게 다가갔다. 온몸에 피가 흐르고 있는 것을 보니 섬뜩했다.

"당신은 왜 이렇게 매달려 있는 건가요?"

"모든 사람이 행복하게 사는 세상을 위해서지요."

가시나무새는 깜짝 놀랐다.

"모두 자기의 아름다움을 자랑하며 제각기 살아가는데 왜 당신은 이렇게 고통을 받으며 다른 사람들을 위하는 것인가요? 아프지 않으세요?"

그 사람은 평온한 미소까지 띠며 대답했다.

"내가 이렇게 고통을 받음으로써 많은 사람이 함께 즐거울 수 있다면 이것이 바로 나의 행복이오."

가시나무새는 가슴이 뭉클해졌다.

"당신은 정말 훌륭한 사람이군요. 난 그동안 너무 나 자신만을 위해 살아왔어요. 당신을 위해 뭔가 도와드리고 싶은데 제가 할 수 있는 게 없군요. 머리에 박힌 가시나 뽑아드릴게요."

가시나무새는 부리로 그 사람 머리에 박힌 가시를 하나하나 뽑아내기 시작했다. 하나, 둘 가시를 뽑아내는 가시나무새의 몸에 땀방울이 맺히기 시작했다. 마지막 가시를 뽑아냈을 때 가시나무새는 피로에 지치고 목이 심하게 말랐다.

"이렇게밖에 도와드리지 못해 정말 미안해요. 당신을 결코 잊지 않겠어요."

가시나무새는 인사를 한 뒤 샘물가로 날아갔다. 정신없이 물을 들이켜던 가시나무새의 눈에 너무나 아름다운 새의 모습이 들어 왔다. 물에 어른거리는 진홍빛 아름다운 새.

'세상에 이렇게 아름다운 새가 다 있다니, 다른 어느 새보다도 아름답구나.'

가시나무새는 주변을 두리번거리며 그 새를 찾아보았다. 그러다 그 아름다운 새가 바로 자기 자신이라는 걸 깨닫게 되었다. 좀 전에 가시를 뽑을 때 그분의 피가 깃털에 배어 이렇게 아름다운 색을 가지게 된 것이다. 가시나무새는 자신이 한 일을 다시 한번 되새겨 보았다. 새로운 가시나무새의 탄생이었다.